Yılmaz Erdoğan

Hijyenik Aşklar

İÇİNDEKİLER

Yayın notu: Yılmaz Erdoğan, Aktüel dergisinde Gürbüz Vural imzasıyla "Yavrunu Bilinçlendir Bayan" başlığı altında uzun bir süre yazılar yazdı. Bu kitaptaki yazıların bir kısmı bu yazılar ile Vatan gazetesinde yayımlanan yazılardan oluşmaktadır. Bazıları ise ilk kez yayımlanmaktadır.

Hikayeden Bir Merhaba Yazısı

Siz bu satırları okuduğunuz sırada, ben çoktan ilk yazımı yazmış ve pürüzsüz bir heyecan içinde, yazının yarattığı etkileri merak ediyor olacağım. Acaba okunmuş muydu? Daha da önemlisi beğenilmiş miydi? Yoksa şu anda ben, ilk paragrafta okur tarafından terkedilmiş öksüz cümlelerin gariban yazarı mıydım? Bu yazıyı okurken başka şeyler düşünen okurlarla, hiçbir şey düşünmeden satırlar üzerinde düşüncesiz bir göz gezintisi yapan okurların toplamını, ülkedeki okuma yazma bilenlerin sayısına böldüğümüzde sonuç kaç olacaktı? Şu son yazdığım cümleyi öğelerine ayırabilecek kaç babayiğit vardı ülkemizde? Acaba şu anda ben daha önce okunmuş bir yazıyı yeniden yazmış olabilir miydim? (Ne dediniz bilmiyorum ama öyle demeyin, böyle bir felaket her an her yazarın başına gelebilir.)

Açık söyleyeyim; heyecanlıyım.

Dolaylı anlatayım; heyecanlı olduğumu söylersem yalan söylemiş olmam dersem, yalan söylemiş olmam..

Aslında bu kadar heyecanlanmaya gerek yok. Yazarsın klasik bir "merhaba" yazısı olur biter. Ama benim bu tür yazılarla ilgili sorunlarım var. Mesela şöyle bir giriş düşünelim:

"Merhaba sevgili okurlar... Bundan böyle sizlerle her hafta bu sayfalarda buluşacağız. Ve ben size kalemim döndüğünce fikirlerimi, deneyim ve gözlemlerimi aktaracağım. Bazen benim fikirlerim sizi dönüştürecek, bazen sizlerden gelen tepkiler beni şekillendirecek. Umarım bu fikir alışverişi ülkemizin fikir hayatına bir katkı sağlar.. vs.. vs.. vs.."

Oldu mu yani şimdi? Bu giriş paragrafını maddeler halinde inceleyelim:

1) "Merhaba sevgili okurlar..." Bu tümüyle sahte bir giriş cümlesi. Daha yeni tanışıyoruz, nereden çıktı bu sevgililik filan. Zeka sorunlu televizyon sunucuları gibi yaparak "sevgili" sözcüğünü çöpe dönüştürmenin manası var mı?

2) Merhaba yazısının ikinci cümlesi şu: "Bundan böyle sizlerle her hafta bu sayfalarda buluşacağız..."

Bak şimdi? Ne buluşması? En geç kaçta orada olacağız? Kaça kadar bekleyeceğiz? Yakınlara bir yere gelip cepten adres tarifi mi alacağız? Buluşacakmışız!..

Türkçede en sık taciz edilen sözcüklerden biri de "buluşma"dır. Radyoda buluşuruz, ekran başında buluşuruz, yeniden buluşmak dileğiyle ayrılırız... Buna ek bir şıklık daha var: Bundan böyle SİZLERLE buluşacağız. Sizler ne demek? Siz zaten çoğul bir ifadeyken "sizler" ne oluyor? Sizler siz'den daha mı çok yani? Kusura bakmayın "bizler" böyle saçma sapan sorunlara kafa yoran küçük bir grubuz. Hiç üzülmeyin

SİZLER BİZLER'den daha kalabalıksınız. Biz biziz, BİZLER bile değiliz!

3) "Umarım bu fikir alışverişi ülkemizin fikir hayatına bir katkı sağlar..."

Sağlamaz!.. Çünkü bu sözü edilen alışveriş meselesi tartışmaya açık... Bir kere böyle bir alışveriş olacak mı? Belki de siz bu yazının bulunduğu sayfalara geldiğinizde, tuvalatteki işiniz bitecek ve dergi klozetin yanında bulunan eski sayıların arasındaki yerini alacak ve sizden sonra gelecek olan müşterisini beklemeye koyulacak. Gayet iyi biliyorum ki siz de benim gibi, tuvalete biraz da kültürel ihtiyacınızı gidermek için gidiyorsunuz. Gerçi son dönemde sağanak halinde üretilen hafta sonu ekleri bütün tuvaletleri kuşatıp ülkenin entelektüel hayatına ağır bir darbe indirdi ama yine de hiç yoktan iyidir. Çünkü okunacak bir şeyin olmadığı tuvaletlerde kitap kurtlarının çektiği eziyeti ben bilirim. Bu yüzden mesela ben OMO'nun hangi fabrikada ve hangi kimyasal bileşimlerle üretildiğini de bilirim. Listelerde yer almasa da en çok okunan yapıtlar arasında deterjan kutuları önemli bir yer tutmaktadır.

Sözün özü "merhaba" yazılarının genel olarak ana fikri şudur: "Bu yazıyı okumasanız da olur. Sadece böyle bir yazarın artık bu dergide yazmaya başladığını bilin yeter!"

Öte yandan bana saçma gelen asıl konu şu. Diyelim ki hiç tanımadığınız insanlardan oluşan hiç tanımadığınız bir ortama giriyorsunuz. Konuşmaya şöyle mi başlarsınız?

Gruba yeni katılan gerzek - Merhaba.. Ben artık sizin gruba dahil oldum. Bundan böyle işten arta kalan vakitlerde sizlerle bu kafede buluşacağım. Yeri geldiğinde espri yapacağım, yeri geldiğinde de esprilerinize güleceğim. Bazı zaman olacak fıkra bile anlatacağım. Ama biliyorsanız anlatmayayım tabii.. O zaman ben fıkrayı anlatırım, baktım ki biliyorsunuz bir daha anlatmam... Ayrıca anılarım arasında size aktarmaya değer bulduklarımı hiç unutmamaya çalışacağım. Ve bunları aktarırken konuşmama "hiç unutmam" diye başlayacağım. Böylece anılarımın ilginçliği ve hafızam konusunda size güven vermiş olacağım..

Böyle bir salağı hangi grup kabul eder ki.. Normal olanı, insanın adını söyleyip boş olan sandalyeye oturması değil midir?

Kısacası (Kısacası mı? Madem kısasını biliyordun iki saattir ne yazıyorsun?) sıraladığım nedenlerden dolayı böyle bir merhaba yazısı yazmadım.

Aslına bakarsanız siz "sevgili" okurlarla nasıl bir ilişki kuracağımı da bilmiyorum. Kafamda okur - yazar ilişkisiyle ilgili soru işaretleri de var çünkü. Okurun kafasında dağınık halde gezinen fikircikleri derleyip toplayan, özneleyen, tümleçleyen, yüklemleyen biri midir yazar? Bunu yapabildiği oranda başarılı, yapmadığı kadar da aykırı mı sayılır? Yani okur düşündüğünü düşünen yazarı mı sever? Ama bu durum yazarın varlığını gereksiz kılmıyor mu? Siz kendi içinizde halledin, ben niye yazıyorum? Elbette ülkemizde aykırı olmakla birlikte başarılı sayılan yazarlar da vardır ama onlar da sevimsizdirler. Ben hem sevimli, hem aykırı, hem de başarılı olmak istiyorum, ne yapmam lazım?

Okurun tuhaf alışkanlıklarından biri de kimi sözlerin altını çizmektir. Bu durum ise yazıyı daha sonra okuyan kişileri depresyona sokar.. Kimse bir yazıyı "salak olma, bu cümlelere dikkat et" şeklinde bir uyarıyla okumak istemez. Bu nedenle altı çizilmeye değer cümleler yazmamaya gayret edeceğim.

İşte heyecanlı, hafif utangaç, çokca tedirgin bir "merhaba" yazısının sonuna geldik. Önümüzdeki hafta bu sayfalarda buluşmak ümidiyle şen ve esen kalın vs. vs. vs...

Neyse...

Hayatın orasında burasında gelişigüzel seslendirdiğimiz sözler uçucudurlar ama yazının böyle yeteneği yoktur, yazdığınız yerde kalır.

Merhaba, ben GÜRBÜZ VURAL..

Ekmek, kola, soda ve gazete için...

Bu sabah... Çok erken... Henüz uyanmamışken... Dün gecenin alkol ağırlığını üstümden atmadan, bir alka seltzer tabletinden başka hiç kimseyle görüşmeye hazır değilken telefonun başında sinir içinde beklemeye koyuldum. Bakkalın telefonu sürekli meşgul çalıyordu. Bir esnafın telefonu meşgul çalamaz, çalmamalıdır. Ama çalıyor işte...

— Alo bakkal Hüseyin mi?.. Kimsin peki? Muttalip mi? Ha Hüseyin'in arkadaşısın öyle mi? Arkadaşlığınızın derecesi nedir? Yani siparişimi sana söylersem Hüseyin'e iletebilir misin? Direkt görüşebiliyor musun kendisiyle? Ne demek "anlayamadım?" Madem anlayamayacaksın niçin açıyorsun telefonu? Telefon çalınca kaldırıp "alo" demekle iş bitmiyor! Karşı tarafı anlama mecburiyeti var!.. Yanında dilimizi bilen kimse var mı? Hüseyin nerede peki? Ne zaman gelir Tekel'den.. Yani Hüseyin hiçbir şey söylemeden Tekel'e gidiyor ve yerine hiçbir işe yaramayan bir Muttalip bırakıyor öyle mi? Muttalip, sayende telefonumuzu dinleyen arkadaşlar açısından son derece sıkıcı, manasız bir konuşma oldu... Telefonu kapatmasını biliyorsun değil mi Muttalip? O elindeki ahizeyi aldığın yere koyacaksın... Yap bakayım...

Muttalip telefonu kapatmayı başardı. Artık iki tablet alka seltzere ihtiyacım vardı.

Çok hızlı giyindim. Eşofman altına iskarpin giyecek kadar şuursuz ve sinirli bir şekilde asansörü çağırdım. Evet artık kuşkum kalmamıştı, tümüyle aksilikler üzerine kurulmuş, sinir bozarak güldürmeyi deneyen bir komedi filminin içindeydim: Asansör bozuktu. Söylemeye gerek yok, altıncı katta oturuyorum. Asansörse zemin katta derin bir sessizlik içinde.

Bu sabah... Çok erken... Henüz uyanmamışken... Önce Muttalip... Ardından asansör...

Apartmanın kapısından çıkacakken, Kapıcı Ruhi... Gözlerinde gecikmiş bir yakıt parası talebi, bende bozuk yok. Benim için o sırada olay yerinde Kapıcı Ruhi de yok... Yürüdüm...

Bir sokak ilerdeki bakkala gitmek zorundaydım. Daha önce bir kez gittiğim ve bin kez pişman olduğum, çok gereksiz konularla ilgili uzun sohbetler seven geri zekalı bakkalla yüzyüze geldiğimde başıma gelecekleri anlamıştım ama artık çok geçti. Beş milyonum onun salam kokan ellerindeydi..

Konuşma başladı... Daha doğrusu, O, ben bakkala girmeden önce konuşmaya başlamıştı, ben lafın arasına girdim.

Hayır bakkal, dün gece A Takımı'nı seyretmedim!

Hayır bakkal, Romasız Perihan'ı tanımıyorum!

Hayır bakkal, takım tutmuyorum, hükümeti kurma

çalışmalarıyla ilgilenmiyorum ve "Yalım" acaip bir isim midir hiç düşünmedim... Ben kola, soda, ekmek ve gazete istiyorum...

Hayır bakkal, Toşak bence iyi bir komedyen değil, espri seviyor hepsi bu...

Hayır, Fatih Terim'in her geçen gün neden daha bir asabi olduğunu bilmiyorum.

Şansal Büyüka bu büyük A meselesini abarttığı için mi Arman Hoca diyor, bilmiyorum.

Hayır sayın bakkal kardeşim ben, günün yarısını televizyon seyredip diğer yarısını da seyrettiklerini diğer seyredenlerle konuşarak geçiren insanlardan değilim. Ben bu ülkede bir azınlık mensubuyum ve bazı haklarım var. Mesela hiçbir şey konuşmadan parasını ödeyerek ekmek, soda, kola ve gazeteye sahip olmak gibi... Lütfen istediğim şeyleri...

Hayır hayır hayır! Beni Sibel Can olayına da karıştıramayacaksın! Ayrıca adliyeye intikal etmiş bir olayla ilgili konuşmak doğru olmaz. Belki inanmakta zorlanacaksın ama (tıpkı Türkçe konuşmakta ve sevimli olmakta zorlandığın gibi) Sibel Can'ın yakalanmasıyla ilgili herhangi bir fikri olmayan insanlar da var... Tamam belki burada değil ama komşu ülkelerde var. Tut ki Bulgarım ve senden kola, soda, ekmek ve gazete istiyorum, sende Bulgarca gazete yoktur.

Hayır bakkal, dün gece A Takımı'nı seyretmedim.

Hayır, Hande Ataizi gerçekten o kadar para kazanıyor mudur bilmiyorum, daha da güzeli bilmek istemiyorum.. Benim özellikle bu tip durumlarda kullanılmak üzere geliştirdiğim ve çocukluğumdan beri özenle sakladığım, nefis, kullanışlı rahatlatıcı bir "BANA NE KARDEŞİM" adlı bir cümlem var. Sayın Ataizi konusunda da o cümleyi kullandım. İstersen sana da bu cümlenin küçük kardeşi olan "SANA NE KARDEŞİM"i vereyim, sen de bana kola, soda, ekmek ve gazetemi ver.

Anlaşıldı... Sürekli konuşan bakkala bakıp arada bir hı hı, tabii canım türünden oportünist sesler çıkarmak ve içimden yukarıdaki satırları geçirmek işe yaramıyor... Konuşmalıyım!.. Ben de herkes gibi geyik muhabbetinin kapsama alanına girmeliyim! PEKİ BAKKAL KOLLA KENDİNİ!

— EVET BAKKAL EVET!.. BU SABAH SAAT BEŞE KADAR A TAKIMI'NI SEYRETTİM.. PROGRAM BİTTİ AMA UYUMADIM... SAAT SEKİZE KADAR SENİN DÜKKANI AÇMANI BEKLEDİM... ÇÜNKÜ SEYRETTİKLERİMİ DERHAL SENİNLE PAYLAŞMALIYDIM. BAŞKA TÜRLÜ UYUYAMAZDIM. EVET HEMEN ŞUNU BELİRTMELİYİM Kİ ROMALI PERİHAN ROMASIZ PERİHAN OLDUĞUNDAN BERİ, DÜNYA GÖRÜŞÜNDEKİ GELİŞİME BAĞLI OLARAK VİZYONUNDA BARİZ BİR RAHATLAMA VE KEŞİF BİR GENİŞLEME OLDU VE TABİİ Kİ BU DURUM, SİBEL CAN OLAYINDA YAPTIĞI ŞOK AÇIKLAMALARLA GÜNDEME GELEN NURİŞ LAKAPLI KİŞİNİN DE DİKKATİNİ ÇEKMEKLE BİRLİKTE, PRESTİJ AİLESİNE KATILMASINA KESİN GÖZÜYLE BAKILAN JON BENJAMİN TOŞAK'IN BU KONUDA SESSİZLİĞİNİ SÜRDÜRMESİNE VE KONUYLA İLGİLİ GÖRÜŞLERİNE BAŞVURMAK İÇİN EVİNE GİDEN MUHABİRLERE EVDE YOKMUŞ GİBİ

DAVRANMASINA, DOĞAL OLARAK BÜTÜN KUŞKULARIN FATİH TERİM ÜZERİNDE TOPLANMASINA YOL AÇTI... ÖTE YANDAN SEDA SAYAN, LÖV, LÖV'ÜN TERCÜMANI VE ADININ AĞIZDA GEVELENMESİNİ İSTEMEYEN BİR YETKİLİ, HANDE ATAİZİ'NİN "AZ KAZANANDAN AZ, ÇOK KAZANANDAN BAZEN" VERGİ ALINMASIYLA İLGİLİ HAZIRLADIĞI VERGİ TASARISI ÜZERİNDE SERT TARTIŞMALAR YAPTILAR. BU ARADA YALIM EREZ NE YAPIYOR? EŞİNE HÜKÜMET KURMA İŞİYLE UĞRAŞTIĞINI VE EVE BİRAZ GECİKECEĞİNİ SÖYLÜYOR, AMA TELEVİZYONLARIN ANA HABER BÜLTENLERİNDE GÖRÜLÜYOR Kİ KENDİSİ DENİZ BAYKAL'LA GAYET LAUBALİ BİR MUHABBET YAPMAKTADIR... HATTA O KADAR LAKAYTTIR Kİ TOKALAŞMALARI YİRMİ SEKİZ DAKİKA SÜRMÜŞ, FAKAT GÖRÜŞMELERİ ON İKİ DAKİKAYI BİLE BULMAMIŞTIR... TABİİ Kİ BÜTÜN BU OLAYLARIN DIŞINDA KALAMAYAN HÜLYA AVŞAR BİR KISIM MEDYANIN ETKİSİYLE OLACAK, SERVİSİ KARŞILAYAMAMIŞ VE DEVLET SANATÇISI OLAMAMIŞTIR. YAZAR İSMAİL BEŞİKÇİ CEZAEVİNDEDİR AMA GÖNÜL YAZAR DEVLET SANATÇISI OLMUŞTUR. FAKAT SAYIN EROL BÜYÜKBURÇ'TAN KUZEY KIBRIS TÜRK CUMHURİYETİ DEVLET SANATÇILIĞI BİLE ESİRGENMİŞTİR. NEDEN BİR NURİ SESİGÜZEL'E, BİR BANU ALKAN'A, BİR SANA YAVRU DEVLET SANATÇILIĞI ÖDÜLÜ VERİLMESİN TESELLİ MAHİYETİNDE? NEDEN? SORUYORUM BAKKAL NEDEN? PEKİ BÜTÜN BUNLAR OLURKEN SAAT SABAHA KARŞI ÜÇ SULARINDA EVİNE GELEN DEMET ŞENER EVİNİN HER ZAMANKİ YERİNİN İKİ BLOK ÖTESİNDE OLDUĞUNU

FARKEDİYOR. BU DURUMU KOMŞULARINDAN GİZLEMEK İSTİYOR AMA OLAY YERİNDEN TESADÜFEN GEÇMEKTE OLAN ŞAMDAN MUHABİRİNE YAKALANIYOR VE BÖYLECE, DEMET ŞENER'LE SEVDA DEMİREL'İN AYNI KUAFÖRE GİTTİKLERİ GERÇEĞİ DE SU YÜZÜNE ÇIKMIŞ OLUYOR. TAM BU SIRADA BULGARİSTAN'DA BİR ÖN SEVİŞME SIRASINDA DANYAL LİMAN KİMLİĞİYLE YAKALANAN KİŞİNİN, ASLINDA PASAPORT KONTROLÜ SIRASINDA DODİ EL FAYED KİMLİĞİYLE YAKALANMASI GEREKEN ŞANSAL BÜYÜKA VE EKİBİ OLDUĞU AÇIKLANIYOR. VE ŞİMDİ! BÜTÜN BUNLARIN IŞIĞINDA BANA... EKMEK... KOLA... SODA... VE GAZETE VERECEK MİSİN? SORUYORUM BAKKAL BUNLARI BANA VERECEK MİSİİİİİİİİİİİİİİN?..

VE PARAÜSTÜ TABİİ...

Bu sabah... Çok erken... Henüz uyanmamışken... İçinde kola, soda, ekmek ve gazete olan bir poşetle, Kapıcı Ruhi'nin yanından yakıt parasını sanki yıllık peşin ödemiş bir edayla geçip, altı kat merdiven tırmanarak eve vardım... Artık kahvaltımı hazırlayabilirdim... Tam burada, o tiksindiğim cümleyi yazmak zorundayım: FAKAT O DA NE? Poşetin içinde ekmek yok! Kola var, soda var, gazete var ama ekmek yok.. Derhal telefona sarıldım... (Bir süre birbirimize sarılıp ağladık.)

— Alo bakkal Hüseyin mi? Kimsin peki? Muttalip mi? Muttalip, sen telefonu kapat, ben biraz ağlayacağım...

Geyik Muhabbetinin Kökleri

"Anadolu uygarlığın beşiğidir.. Evet beşiğidir. Uygarlık orada doğmuştur ama korkarım büyümek için başka yere göçmüştür..."
Ludvig Bauhaus

Her yerde hep aynı şeyler konuşuluyordu ve delirmek üzereydim!

Bütün konuşmalar, tanışmalar, kavgalar, tartışmalar, hepsi, hepsi aynıydı... Toplam iki yüz kelime arasında dönüp duruyordu herkes. Toplumun tüm yükünü bu zavallı iki yüz kelime taşırken, öte yanda binlerce kelime, ambalajı bile açılmamış vaziyette öylece duruyordu.

Neden hayatımız sonsuz bir geyik muhabbetine dönüşmüştü?

Neden her yerde, her zaman aynı şeyler, aynı konuşmalar, aynı kötü espriye aynı salak gülmeler vardı?

Sanki valilik ortalama bir günü teybe kaydetmiş, biz de her gün o kaseti yeniden, yeniden ve yeniden seyrediyorduk!

Sabah karşılaşmalarımız aynı... İşyerindeki ilk poğaça yemelerimiz, ilk çayımız aynı... Her şey, her şey hep aynı... Maç sonrası muhabbetlerde bile en fazla üç ihtimal vardı...

Ve bu aynılıkları birbirine bağlayan, upuzun bir geyik muhabbetiydi...

Toplumumuzun neden bu kadar geyik muhabbetine yatkın olduğunu araştırmaya karar verdiğimde nelerle karşılaşacağımı bilmiyordum. Kendimi sponsoru olmayan belgeselci gibi hissediyordum. Televizyonda doğru düzgün bir saatte yayınlanıp yayınlanmayacağım bile belli değildi. Ama inanmıştım. Geyik muhabbetinin köklerinin Anadolu'da olduğunu hissediyordum ve bu gerçeği ortaya çıkarmak için her şeyi göze almıştım. Ama bu çok masraflı ve meşakkatli bir işti, mutlaka bir sponsor bulmalıydım. Konuyu görüşmek üzere Türkiye Kıraathaneler Birliği Başkanı Saim Köse ile buluşmaya gittiğimde, Sayın Köse beni kapıda görür görmez okeyden kalktı, başka bir masaya geçtik. Aslında sigara dumanından hiçbir şey görünmüyordu, ama seçebildiğim kadarıyla önümde bir masa vardı ve Sami Bey çok iyi bir insandı. Böylece bu araştırma için Şen Bezik Briç Salonu, Köşk Kıraathanesi ve Liman Kafe Bilardo Salonu sponsor oldu. (Burada hemen şunu belirtmeliyim ki, Liman Kafe Bilardo Salonu'na yeni alınan masalarda üç bant oynamanın tadını ancak hakiki bir sevişmede ya da Köşk Kıraathanesi'nde içeceğiniz hafif bir çayda bulabilirsiniz. Unutmayınız, parasına oyun oynamak yasaktır.)

Bu belgesel çalışmamda Sami Bey'in ve daha birçok isimsiz geyikçilerin katkıları vardır.

Tabiatıyla araştırmanın tüm sonuçlarını burada maalesef aktaramayacağım. Sadece geyik muhabbetinin tarihçesiyle ilgili çok önemli bir bulgumu, ilk geyik muhabbetinin nerede, ne zaman, kimler tarafından yapıldığını belgeleriyle birlikte sunmakla yetineceğim.

Bu araştırmamı hayatı boyunca geyik muhabbeti sınırları dışına çıkmamış ve bu uğurda milyonlarca sigara tüketmiş isimsiz yığınlara adıyorum.

Geyik Muhabbetinin Tarihçesi

1951 yılının mart ve nisan ayları boyunca şimdiki Boyabat'ın güneyindeki antik adıyla Fontelisus bölgesinde, Alman Arkeolog Ludvig Bauhaus önderliğindeki ekip bir kazı çalışması yapmıştı.

Bu bölge M.Ö. 721 yılında yoğun bir nüfusa sahipti ve tahıl ürünlerinin toz haline getirilmesi işiyle uğraşan yöre insanı -kesin olmamakla birlikte Mrikyalılar- asla siyah renkte bir şey giymezdi. Zira siyah giysiler hızla un lekeleriyle kaplanırdı ve Mrikyalılar bunu Buğday Tanrısı Fırrın'ın lanetine yorarlardı.

Arkeolog Bauhaus dönemin çok ünlü müze müdürlerinin bile dikkatini çekmiş, hatta bazılarıyla yakın dostluk kurmuş başarılı bir bilim adamıydı. Örneğin New York Metropolitan Müzesi Müdürü Charles Overlock ile hemen her haftasonu buluşup golf oynadığı ve yenilenin hesabı yüklendiği, arkeoloji çevrelerince bilinen bir gerçektir.

Bauhaus ve ekibi nisan ayının yirmi dördüncü günü bir mağarada, resimli bir duvar yazısı bulduklarında hayretlerini gizleyecek yer bulamamıştı. Mağaranın duvarına çizilen iki insan, bir masa başında oturmuş SİKALİN (biraya benzer, arpa maltından yapılan bir tür içecek) içmekteydi. (Bu hiyeroglif şu anda Berlin Şehir Müzesi'nin bodrum katında kalorifer dairesinin girişinde durmaktadır.)

Burada önemli olan ve kazı heyetini hayrete düşüren, resimden çok resmin altındaki yazıydı. Çünkü bu yazı sadece resmedilen iki insanın ve muhtemel bir de resmi yapan kişinin bildiği şifreli bir dille yazılmıştı.

Ludvig Bauhaus bundan sonraki hayatını işte bu yazıyı deşifre etmeye adadı. Bauhaus bu kazı çalışmasından yirmi gün sonra hayata gözlerini yumdu ve hayat da bu olaya göz yumdu. Ancak insanlık ve özellikle Anadolu tarihi açısından bir devrim niteliğindeki buluşu hâlâ bizim için değerini korumaktadır.

Bauhaus sonuçta yazıyı deşifre etmiş ve tarihteki ilk geyik muhabbetini gün ışığına çıkarmıştır.

Bauhaus'un bulgularına göre resimdeki iki insan arasındaki konuşmayı aktaran yazının meali şöyledir:

(Uyarı: L.B.'nin çevirisi size biraz garip gelebilir, çünkü L.B. çok az Uygur Türkçesi biliyordu. Ama bu yüzden tatsızlık çıkarmanın gereği yok, ben sizin için bir kez daha çevirdim.)

1. Geyikçi: Ya beladur hakakutung yaşeanmayiz... Pizara bir çıkayursung har şay ıtaş pehasi.. Senradu gilip ey ustarlar! Bı sefir nıh ularlar!..

(Ya birader, hakikaten yaşanmaz!.. Pazara bir çıkıyorsun her şey ateş pahası!.. Sonra da gelip oy isterler. Bu sefer nah alırlar!..)

2. Geyikçi: Ya başver tıkma kafangu gardişim!.. (Yahu boşver, takma kafana kardeşim..)

1. Geyikçi: Nısı tıkmam gardişim!.. Şerrefsizim ben olacagum, şu mamalakatun bışnda, her şeyi iki dolingende hallederim!..

(Nasıl takmam kardeşim!.. Şerefsizim ben olacağım şu memleketin başında, her şeyi iki dolingende hallederim -dolingen, o dönem kullanılan bir zaman birimidir-. Bir dolingen yaklaşık olarak on yedi saliseye karşılık geliyor.)

Evet bu konuşma böyle sürüp gidiyor. Fakat bizim elimizdeki metinde bu kadarı çevrilmiş. Çünkü Ludvig Bauhaus bu konuşmadan fena halde sıkılmış ve hayata veda etmiştir. Metnin tamamını okumak isteyenler Şen Bezik Briç Salonu'nda bulabilir. Not: Sine beş yayınımız vardır.

HİJYENİK AŞKLAR

Amacım hep komik şeyler yazmaktı... Hayatı çekilir kılmak için yanıma biraz mizah almıştım... Fazlasını size verecektim... Yolda yersiniz diye... Yaşarken...

En kızdırıcı durumlardan bile kahkaha elde edecektim. Gülecektiniz ben kızdıkça... Derin çelişkilerle eğlenecektiniz.

Manik tarafımı sunacaktım size, depresifliğimden sakınacaktım sizi. Ben Gürbüz Vural'dım çünkü... Tam bir "özel isim" bile sayılmayan... Adımın ilk harfinin büyük yazılması beni özel isim yapmaya yetmiyor çünkü... "İsmini ilk kez duyduğunuz ama hepinizin tanıdığı" ve sanal hayatlarımıza sunulan bir gölgeydim ben...

Nasıl ve neden bir veda ikliminde yazıyorum bu satırları bilmem... Dedim ya depresif tarafıma denk geldiniz işte...

Neden bugün böyleyim bilmem...

Belki de bir ocak ayının olmadık bir çarşambasında beklenmedik bir güneş çıktı ortaya, ondandır... Hava çok güzeldi ve ortada komik bir şey yoktu.

Hava nasıl güzel ve ben nasıl depresifim...

İyi havaları sevmez şairler.

Yağmur çocuğudur onlar...

İyi havalar iyi gelmez has şairlere... Orhan Veli'nin "mahfını" hatırlayın... Ve bir de şimdiki planlı hijyenik sevda karikatürlerinizi düşünün.

Her şey daha önce yaşanmış... Kullanılmış ilişkilerdeki ikinci el ucuzluğunu aşk zannediyoruz... Hayır o sözler söylendi... Hayır o şarkıya ağlandı daha önce... Hayır o çiçekler birer pahalı klişeden ibaret... Kırmızı gül aşk demekmiş! Yok ya? Bütün aşklar aynı şey demek değil ki! Sarı gül ayrılık anlamına gelirmiş! Hadi oradan! Kim uyduruyor bunları! Hangi çiçek toptancısı isim verebiliyor binlerce şairin milyon yıldır adlandıramadığı şeylere?

Aşkı, ayrılığı, sevdayı şairlerden daha kolay anlatıyor çiçekçiler! Parasını ödeyin yeter... Doğumgünlerini, evlilik yıldönümlerini bir hafta önceden hatırlayın yeter... Yerli yerinde olsun klişeleriniz... Şarabınız ve mumlarınız hazır olsun... Sevmek için iyi bir yürekten çok aksesuarlarınızın tam olması önemlidir...

Ben bu "özel" günleri hep unuttum... Yani mart ayının herhangi bir günü "birlikte olduk" diye sene-i devriyesini neden kutlayalım ki? İnsan nasıl berbat bir duruma düşer bazen... Eve girersin, ışıklar söndürülmüş, mumlar yanmaktadır... O saniye anlarsın, o gün senin unuttuğun, bir "özel" gündür... Allahım neydi bugün? Ayın kaçıydı? Daha da önemlisi hangi aydayız?

Hep küstüler bana hayatım boyunca...

Sevmedim, sevdiysem de önemsemedim zannettiler... Yanıldılar... Seviyordum, önemsiyordum. Önemsemediğim, daha doğrusu anlamadığım klişelerdi. Sevdam fazla sadeydi. Aksesuarlarım eksikti... Hâlâ da eksiktir...

Ve şimdiki sevdalanmalar fast food hızında... Hızın içinde yitirilen güzelim bir yavaşlık... Daha yavaştık eskiden... Demleye demleye konuşuyor, seviyorduk... Hemen sevişmiyorduk... Karpuz yemek için efendi gibi temmuz ayını bekliyorduk.

Yetimdi gecelerimiz... Sigaralara zulüm, kül tablalarına yük... Etimizden alıyorduk etimizin tadını. Seviyorduk. Sevişiyorduk. Bazen sadece sevişmeyi seviyorduk.

Kalabalık geceleri bekleyen yalnız kahvaltılar için hep acele ediyorduk. Yağsız beyaz peynir tadında ilişkiler kuruyorduk. Seviyorduk. Sevmeyi seviyorduk. Bazı elele yürüyüşlerde keşke yağmur yağsın istiyorduk. Hangi sevdanın üstüne yağmur yağsa, biz onu aşk belliyorduk.

Hijyene önem vermiyorduk. Beyaz çarşafların üstündeki lekeler aşklarımızın haritalarıydı. Hangisi biz, hangisi yavru vatan oradan anlıyorduk.

Bekliyorduk... Kantinde, durakta, evde... Bir sevda enstitüsünün ekstern öğrencileriydik. Devam mecburiyetimiz yoktu.

O zaman çıkan hangi kaset Samatya'yı anlamlı ve aşklı kılıyorsa onu dinliyorduk. Biliyorduk ki o şarkıyı altı yıl sonra duyduğumuzda bir Samatya sevişmesini yeniden yaşayacaktık...

Parasızdık. Paraya para demiyorduk. Para kendini

bir şey zannediyordu ama biz ona ismiyle hitap ediyorduk. Kimde varsa ondan harcıyorduk. Sevda girişimlerimizden para üstü almıyorduk.

Kirliydik. Ter kokuyorduk. Ülke sorunlarını konuşarak sevişmelere yol açıyorduk. Ülkemizi ve tenlerimizi seviyorduk.

Çok ağlıyorduk sonra. Adam gibi, aşık gibi, sarhoş gibi ağlıyorduk...

Tarihi geçmiş gazetelerin üstüne seriyorduk neyimiz varsa... Kitaplarımız, parasızlığımız, sevdalarımız, türkülerimiz...

Sonra söndürdük sigaralarımızı ekonomi sayfasının hiç okumadığımız bir köşesine, ayrıldık... Kaça ayrıldık şimdi hatırlamıyorum ama ayrıldık!

Yürüdü zaman sevdasızlığımızın üstüne.

Unuttuk!

Kuşku, sorumluluk, tedirginlik ve hesapçılıktan oluşan yeni bir arkadaş grubu... Ve bir durumu önceden bilmenin paslı rehaveti... Şimdi elimizde kalanlar bunlar.

Sonunu bildiğimiz sevişmelere başlamıyoruz artık. Koku bizi uzaklaştırıyor. Kokularımız birbirine düşman. Hijyene önem veriyoruz ve çarşaflarımız sakız gibi.

O güzelim lekeler yüreklerimizde kaldı...

Kendini dolandirmak

"Yalan söyleyebilen tek canlı türü insandır. Zaten bu sayede canlı kalabilmektedir."
T.S. Anghut

Hep büyük kentlerin birinde ve en çok da en az acıdığımız İstanbul'da caddeüstü bir evimiz olmasını diliyoruz... Kulağımızın dibinden taksiler geçsin istiyoruz. Gürültü bize anlaşılmaz, tuhaf bir güven duygusu veriyor... En çok sessizlikten korkuyoruz... Bir insanla yan yana ve uzun uzun susabilmemiz için dost olma şartı arıyoruz. Yoksa rahatsızlık veriyor bize bütün susuşmalarımız.

Ve ana caddeye ne kadar yakınsak o kadar prim yapıyoruz. O oranda fazla kira ödüyoruz pencerelerini bile doğru düzgün açamadığımız, balkonlarında sadece turşu bidonlarımızın oturduğu evlere... Ve zaten hayatımızı "zamanında şurada bir ev vardı, alamadık" üzerine kurduğumuz ve hiçbir tarihi fırsatı zamanında değerlendiremediğimiz, o zaman dağ başı olan yerlerin sonra "mükemmel" caddeler haline geleceğini öngöremediğimiz için ve kaçırdığımız fırsatlar berberimizle yaptığımız geyik muhabbetlerine meze olduğu için ve hepimizi zamanında Gençlerbirliği'nden ya da Fener Genç'ten istedikleri ama biz gitmediğimiz için kendimizi dolandırmayı meslek edindik. Aramızda babası zamanında trilyoner olmayı ıskalamamış hiç kimse yok. Hepimizin aslında futbola aşırı bir ilgisi ve anormal bir yeteneği vardı ama ah o babalarımız, bizim Pele olmamızı istemediler. Ağaç yaşken eğiliyordu ve babalarımız bizi yaş odunla dövüyordu... İşte bu yüzden kendimizi dolandırmayı meslek edindik.

Evlerin caddeye bakan taraflarını boyayıp arka cepheyi boşveriyoruz. Çünkü hayat caddedir ve asıl caddeden geçenlerin gördüğü önemlidir. Biri yanılıp arka plana takılmışsa zaten hayatımızın dışına çıkmıştır. Halihazırda iki boyuta ancak yetiyor dimağımız ve boyamız. Çünkü biz hayatımızı başkasının gözüyle seyrediyoruz. Dudağımız inceyse uyduruk rujla kalınlaştırıyoruz, göğüslerimiz ufaksa palavracı sutyenler takıyoruz... O sutyenlerin televizyonda açık açık reklamı yapılıyor... Alınıyor, satılıyor, takılıyor... Yani yalanın yalan olduğu açık açık ilan ediliyor. Bunu alırsanız herkesi kandırabilirsiniz deniyor. Ama gece olup da iş sevişme iklimine döndüğünde acı veya küçük gerçek kabak gibi meydana çıkıyor. Kimse kimseye göğsünü gere gere göğüslerini göstermiyor. İşte bu yüzden kendimizi dolandırmayı meslek edindik.

Ankara'dan Esenboğa havaalanına giderken gecekonduları göreceksiniz, sakın şaşırmayın... Ve başkentimize gelen yabancıların ilk gördüğü manzaranın o gecekondular olduğunu düşünüp hayıflanacaksınız...

Askeri cunta o işin çaresini bulmuştu. 12 Eylül'de bütün evler beyaza boyanmıştı. Devlet toplu konut yapamıyorsa o vakit beyaza boyar! Bu kadar basittir! Çünkü beyaz her şeyi aynılaştıran nefis bir rengimizdir ve temizliği her yerde en güzel şekilde temsil etmiştir. Yani emeklilerin kuyruğuna çare bulunamazsa devlet "tek sıra" yapar... Sorun çözülmez ama en azından düzgün bir kuyruk olur... "Düzgünlük" bizim için her şeyden önemlidir. İşte bu yüzden...

Örneğin siz hiç Taksim'in orta yerindeki Atatürk Kültür Merkezi binasının arka cephesini gördünüz mü ya da İstiklal Caddesi'ndeki binaların birçoğununkini?

Sanki arka sokaklar yalnız kediler içindir. Hep yasadışı, hep boyasız, hep terkedilmiş. Çünkü daha çok insan geçer anacaddelerden... Bu yüzden kalabalığa yedirir gürültüye getiririz herbirşeyimizi... Bir şeyin gerçekten "öyle olması" önemli değildir zaten, "öyle sanılsın" yeter. İş ki dekorumuz sahici olsun.

İşte bu yüzden sohbetlerimizdeki kahve tadı eksildi. Çetleşiyoruz artık. Teknolojik bir yeniliği gerici bir şekilde kullanmakta bizden iyisi azdır nasılsa. Artık geyik muhabbetlerini kahvehanede değil de son model bilgisayarlarda yapıyoruz... Olmayan bir isimle, olmayan bir yerde, olmayan bir sohbet yapıyoruz ama bunun gerçekliğine inandırıyoruz kendimizi...

Oysa güneş gözlüğü bile (gözbebeklerini sakladığı için) gerçek bir tanışmaya engelken, bu sanal kandırmacaya fit oluyoruz. İşte bu yüzden kendimizi dolandırmayı meslek edindik...

Hep başkalarının bozuk gözleriyle (kimi uzağı, kimi gözünün önünü göremeyen) seyrettik hayatımızı! Caddeye bakan tarafımızı parlattık da arka cephemizi baştan savdık. Misafir odalarımıza yığdık saray tipi koltuklarımızı ama bütün zamanımızı televizyon odasındaki çoktan ölmüş çekyatın üstünde zayi ettik.

Hiç tanımadıklarımıza peygamber sabrı gösterdik ama en "sevdiklerimizin" en küçük kusurlarını bile bağışlamadık. Belki de, "sevdiğimizin" o küçük kusurunu örtecek ya da büyükmüş gibi gösterecek bir sutyeni yoktu ve bütün kusuru buydu. Ama biz hemen, sen bunu nasıl yaparsın, dedik... Sana yakıştıramadık... Senden ummazdık... Dostluğumuzun caddeye bakan yüzünü sık sık yıkamamız gerekiyordu. Dostlarımız bizden tavlayıcı sahtelikler bekliyordu. Evcil yalanlar besledik saksılarımızda... Ve en sık söylediğimiz yalan şuydu; Biliyorsun ben dobra bir insanım... Hiç dinlemem langanadak söylerim!..

Zaten hepimiz dobrayız değil mi!.. Hep langanadak söyleriz gerçeği, karşımızdaki kim olursa olsun! Hep televizyonda belgesel yayınlansın isteriz değil mi?

Tabii tabii... Bu söylediklerinize siz inanıyorsanız, sizin bir itirazınız yoksa size, benim için sorun yok...

Ve işte bu yazıyı da hiçbiriniz üstünüze alınmadınız... "Öyle yapan çok" ama siz öyle yapmıyorsunuz değil mi?

Çünkü kendinizi dolandırmayı meslek edindiniz!

Mesleğin erbaplarından biri de bu satırların yazarıdır elbette.

O GECELER... O SABAHLAR...

Geceydi... Havada kardeş bir serinlik vardı. Genç sayılmayacak kadar çocuk, çocuk sayılmayacak kadar kaygılıydık.

Ay ışıyordu... Sohbetimizin kıyısından bir dere geçiyordu. Ayın suyla öpüştüğü yerdeydik.

Geceydi... Ürperiyorduk... Kanlı heyecanlı insanlar değildik, bir roman okurunun düş kahramanlarıydık. Bizi yazanın kim olduğunu hiçbir zaman bilemeyecektik...

O dağların arkasında başka bir dünya olduğundan, aşka duyduğumuz aşktan, uzak dokunuşlardan, çaydan, ölümlerden, suya karışan ay ışığından, ayın suya muhtaçlığından, tütünden ve gidenlerden söz ettik...

Çünkü geceydi. Çünkü tenimizi bir bebeğin süt dişleriyle ısırıyordu soğuk. Çünkü yüreğimizin saati itiraf zamanını bağırıyordu.

Birbirimizin yüzünü görmüyorduk ve bu yüzden yalan söylemeye dilimiz varmıyordu.

Evet yenilmiştik... Evet kendi sahamızda... Biz hep iyi şeyler olsun istemiştik. Biz herkes bizim istediğimizi istesin istemiştik. Kurtuluşa giden yolu biliyorduk ve herkese tarif etmek istiyorduk. Aslında çok basitti... Bu yolu dosdoğru takip ettin mi varacaktın ama kimse bizi dinlemiyordu. Sesimizin volümü yetmiyor herhalde diye düşünüp bağırmaya başladık. Tek başına bağırmak işe yaramayınca, ikimiz, üçümüz, binimiz, milyonumuz (aslında hiç milyon olmadık) bağırmaya başladık. Susun dediler, susmayız diye bağırdık. Susun diye bağırdılar, biz susmayız diye bağırdık.

Bir de baktık ki herkes avazı çıktığı kadar bağırıyor ve kimin ne dediği anlaşılmıyor.

İşte böyle şeylerden söz ettik...

Bıyıklarımıza asılmış erkek bir geceyi yumuşak tenli bir sabaha kavuşturmak istiyorduk.

Hani o darbe sabahı o dağkentteki yatılı okulun penceresinden dışarı bakıp gülümseyen "siyasiler" vardı ya, hani iki gün sonra cemse cemse Diyarbakır cezaevine götürülen ve kimi bir daha hiç geri dönmeyen, kimi "keşke dönmeseydi" sözüyle anılan, kimi İsveç'in buzuluna karışan...

İşte onlardan söz ettik...

"Bilmiyorum anne, birkaç gün tutup bırakacaklarmış diye duyduk ama... "

Bırakmadılar...

Hepsini tek tek tanırdık, iyi insanlardı... Çocuk gibi güler, çocuk gibi kızarlardı... Ölmeselerdi iyi olurdu, iyi ölmediler çünkü. İyi insanlar en azından iyi ölmelidir... Çünkü hakiki bir iyiliğe ermek zordur. Ekmeğin köşesini başkasına sunmak... Sahici bir insan gibi tokalaşmak... Hiç oynamadan herkese "merhaba" demek, "Kolay gelsin hemşerim" demek zordur...

Ama iyi insanları öldürmek kolaydır. Çünkü senin için kolayca gidebilirler ölüme... O bahiste ne siyasi görüştür önemli olan, ne de kurtuluş türküleri... Ne de sert bir mukavva makamında söylenen marşlar... O seni sevdiği için, senin için, sizin için iyi bir insan olmanın raconundan ölür... Ya da bir kere de senin için ölür, ne olur yani?

İyi insan, iyi insan olmaktan vazgeçmedikçe kimseyi öldürmeyi düşünmez. İyi insanın içindeki iyiyi öldürmesi zordur. Kıyamaz içindeki çocuğun öfkesine... İyi insan kimseyi öldürmez, kendisini öldürenleri bile.

İşte bunlardan söz ettik...

Kahramanların mağdur olduğu, mağdur olmaktan başka vasfı olmayan zavallıların ise kahraman sayıldığı, pis ve uzun ve karanlık geceyi adil bir sabaha kavuşturmaya çalışıyorduk.

Geceydi... Soğuktan kamaşıyorduk... O ayışıksız gecelerden söz ettik. Dere konuştuklarımızın kıyısından geçmeyi sürdürüyordu.

Hiç sevişmemişlerdi. Belki de bu yüzden ölçüsüz ve saldırgan bir şehvetle sevişir gibi dövüyor ya da dayak yiyorlardı. Onlar "mavzerlerine sevdalıydı..." Ama mavzerler onları hiçbir zaman sevmediler.

Kahramanların mastürbasyon yaptığı pis ve uzun ve ayışıksız bir geceyi namuslu bir sabaha kavuşturmaya çalışıyorduk.

Sonra şiirle fazla samimi bir gece oluşundan mıdır bilinmez, olmadık şeylerden söz ettik... İpe sapa gelmez şeyler işte... Ne bileyim bir kuşun sessiz yankısız ölümü (ne çok kuş ölür değil mi Türkçe şiirlerde)... Yalan bir şarkının listelerdeki hızlı tırmanışı... Ve ayrılıktan söz ettik elbette... El değmeden hazırlanmış, küvözde itinayla büyütülmüş, rüştünü belgelerle ispat etmiş bir ayrılıktan. Ne saçmadır ayrılık konuşmaları ve ne çok yalan söyler ayrılanlar. Ağızlarda, yanlış tarif edilmiş bir adresi boş yere arayıp duran, yorgun ve şaşkın ve sinirli kelimeler vardır sadece...

Sonra dedik ki, yahu ne çok ayrılan ne çok aşık olan var bu naylon kafiyeli şarkılarda... Hatta bazılarında giderken alınan verilen mektuplardan bile söz ediliyor utanmadan. Hâlâ mektup yazan kaldı mı ki?

Hakiki bir sevdayı kendi elyazısıyla saman kağıda nakşeden kaç kişi kaldı? Artık yazı, bütün romantik işaretleriyle birlikte terketti bizi... Oysa o tırnak işareti ki hangi sözü içine alsa şahane bir tebessüme teslim ederdi.

Artık silik faks metinlerine yazılan eğri büğrü aşklar dönemi başladı. Kurşunkalem arasan bulamazsın hiçbir cebin mahremiyetinde... Şimdi kurşunkalem geçirmez aşklar zamanı...

İşte bunlardan söz ettik...

Dedim ya geceydi... Havada arkadaş bir serinlik vardı. İhtiyar denemeyecek kadar acemi, genç sayılamayacak kadar karamsardık... Ve sabahını kovalayan karanlık ve pis ve uzun ve ayışıksız gecelerden söz ettik. Sonra...

Sonra galiba tütünümüz bitti, vedalaştık.

Sabah mı? Henüz olmadı...

İYİ, KÖTÜ, SALAK...

Biliyorum, çoğunuz iyi insanlarsınız. Bu yüzden hep kötüler kazanıyor zaten.

Birçok kötü, hatta alçak tanıdım. Çoğu neşeli insanlardı. Hiçbirinde çekingen bir ruh haline rastlamadım.

Kötüler atak, iyiler pısırıktır.

Etrafınıza bakın, en heyecan verici, en eğlenceli insanlar hep sahtekarlardır. Hepsi paldır küldür konuşan, ağız dolusu gülen insanlardır. Çünkü sahtekar, sempatik olmak zorundadır. İyinin böyle bir mecburiyeti yoktur. İyi, sıkıcıdır.

Kadınlar "iyiler"e değil, güvenilmez erkeklere aşık olur bu yüzden. Zaten aşk denen altüst oluşla ancak bir üçkağıtçı başa çıkabilir. Aşkın tadını çıkaramaz iyiler. Onlar sarılıp sessiz bir uzanmayı aşk zanneder. Tekdüzedirler. Yavaştırlar. Kadınlar da dertlerini onlarla paylaşır ama gidip bir güvenilmezle sevişirler.

Tutku kötülerin işidir.

"Sessiz ve efendi bir insan" cümlesiyle tanımlanan bir iyilik kolaydır.

Sahtekarlık daha zordur, maharet ister. Zeki, hızlı ve atak olmalıdır. Enerjiktir.

(Tabii "kötü" kötüler konumuz dışındadır. Yani hem salak hem kötü olmaya çalışanlar için düşünmeye, yazmaya değmez.)

Üçkağıtçı... Sahtekarın en sempatik, en başarılı şekli. İyi bir hatiptir o. İnandırıcıdır. Konuştuğu zaman etrafındaki tüm "iyi ve dürüst" insanlar ağzının içinde kaybolur. Hem çok iyi fıkra anlatır hem hüznün tüm renklerinden haberdardır. Kahkahasında pirzola tadı, hüznünde bazen ölümün sesi vardır. Adam başarılıdır. Yeteneklidir.

İyilik kolaydır. Kötülük maharet ister.

İyi olmak için kimseye kötülük yapmamak yeterlidir. Ama kötü olmak için daha çok çalışmalısınız!

İyi, kötü karşısında güvensiz, enerjisiz, çaresizdir. Filmlerde bile iyi, kötüleşmeden kötünün hakkından gelemez. "Yeminini bozar" ve kavgaya girer. Oysa kavga kötünün mesleğidir asıl. Biz "iyi" seyirciler perdedeki iyi adamımız kan döktükçe rahatlarız. Ve iyi kötüyü yendi diye seviniriz. Oysa artık hepimiz kötüyüzdür filmin sonunda. Hatta biz "kötü"den daha çok insan öldürmüşüzdür.

Bir iyi için en zor olan, kötüye "sen kötüsün" demektir. Çünkü iyi, utangaçtır. Hırsıza "hırsız" diyemez. Kötünün yerine utanır, sahtekarın yerine yüzü kızarır, hırsızın yerine yerin dibine geçer... Bu sırada kötüler, sahtekarlar, hırsızlar deli gibi eğlenmektedir. Çünkü onların yerine utanan, sıkılan, yerin dibine geçen birçok "iyi" insan vardır.

Kötünün en büyük avantajı iyideki kahrolası utanma duygusudur.

Bu duygu iyiyi öylesine zayıf düşürür ki ağzını açıp bir kelime söyleyemez. Halbuki öylesine kararlı çıkmıştır ki kötünün karşısına. Her şeyi açık açık söyleyecektir. Başına gelecekleri göze almıştır! Ama olmaz. Yapamaz.

Çünkü iyiler korkaktır.

Çünkü iyiler herkese acır, en çok da kendilerine.

Susmak, acımak, utanmak, korkmak... Farkında mısınız, ey iyi insanlar, ne kadar sıkıcı şeylerle uğraşıyorsunuz! Kötüler kazanınca da şaşırıyorsunuz!

Babalarımız iyi insanlardı ve bize de iyi olmamızı öğütlediler.

Biz de iyi insanlarız.

Ve çocuklarımıza aynı şeyi öğütlüyoruz.

Hepimiz kötülerin yanında çalışıyoruz.

Haydi iyi insanlar!

Haydi sessiz, efendi, sıkıcı, korkak, utangaç ve iyi insanlar! Çalışın!

Kötülerin size ihtiyacı var!

Hoş geldiniz

Hoş geldiniz... Sevgili eski sevgililerim. Kiminizi on yıl önce bir akşamüstü, Dolmabahçe'de bir çay bahçesinde kaybetmiştim, kiminiz beni bir yaz günü cehennem sıcağında, Bodrum'da delirtmiştiniz. Çok güzel, çok berbat şeyler yaşadık sizinle. İçinizden bazıları sevmeyi öfkeyle yapılan bir iş sanıyordu. Ağlıyor, kızıyor, hatta bazen küfrediyordu. (Tanrım bazı küfürler bir kadını nasıl bir çöplüğe dönüştürüyordu.) "Madem bırakacaktın beni, niçin bağladın kendine" demişti. Ben susmuştum. Bir ölüyle konuşamazdım. Susuyordum. Susmanın tüm çeşitlerini biliyordum nasılsa! Ama hiçbiriniz sevmediniz susuşumu.

Hoş geldiniz...

İsim vermek istemiyorum ama içinizden bazılarını öyle çok sevdim ki, o kadar aşkı koyacak yer bulamamıştık ilişkimizin içinde. En büyük sorunumuz da buydu zaten. İlişkimizin içi öyle abuk sabuk şeylerle doluydu ki... Öfke, kıskançlık, liderlik yarışında kullanılacak delici cümleler, küçük yalanlar, büyük yalanlar, orta boy yalanlar, açılınca yatak olan yalanlar, açılınca sorun olan yalanlar... İlişkimizin içi tıka basa doluydu. Aşkımızı koyacak yer yoktu.

Hoş geldiniz sevgili eski sevgililerim. Kabul ediyorum, bazılarınıza haksızlık ettim. O beni kadın gibi sevdi, ben onu akraba gibi okşadım. Suskundu. Suskunluğuna şiirsel anlamlar yükledim. Oysa o, ruhunu benimkine katık etmişti. Onun içimde eriyip kayboluşunu seyrettim. Erkekliğimi onun nefesiyle şişirdim. Artık o ilişkinin içinde yalnızdım. Arkadaşlarımla otururken yan sandalyeye montumu, gözlüğümü ve onu koyuyordum. Sonra kalkıyordum ve ben bazen onu ve gözlüğümü unutuyordum. Ki müessese bile unutulan eşyalardan sorumlu değildi. Eve dönüşlerimizde sıradan şeyler konuşuyorduk. Televizyonun açılışı, tüpün hâlâ değiştirilmemiş olması, kapıcının verilen işleri savsaklaması ve kökeni bir türlü anlaşılamayan bir yorgunluk... Birbirimizi yoruyorduk. Ben artık fıkralarımı başka kadınlara anlatıyordum. Çünkü o hepsini ezbere biliyordu. Ve ben fıkraya başladığımda boş tabaklarla birlikte mutfağa gidiyordu. Ben bir süre sonra onunla değil, fıkralarıma gülen kadınlarla sevişmek istemeye başladım. Doğrusunu söylemek gerekirse -ki çoğu zaman gerekmez- bazı bu çeşit sevişmelerim de oldu. Ama o zaman da hızla koşup ona sarılgıdım. Kuş ağzında dudakları titredi. Ürkek kanatlar gibi. Onu öyle çok seviyordum ki aşık olmaya yüreğim varmıyordu. Sevgiyle sınırlı tutmak istiyordum. Aşkın vahşiliğinden sakınmak istiyordum. Çünkü aşk, iki sevdalının kötülüğün sınırında tutkuyla buluşmasıydı. Yorucuydu, tehlikeliydi... Ama o aşık olamayacak kadar kırılgandı.

Ve ben hep başka kadınların ağzında erittim ağzımın tütün kokusunu...

Neyse...

Hoş geldiniz... Ooo... Sen de mi geldin? Senin ne işin var bu iyi insanların arasında? Sana söyleyecek çok fazla sözüm yok. Öyle hızlı çirkinleşiyordun ki, ilk gördüğümde başımı aklıma dar eden gözlerin bir anda iki dipsiz kuyuya dönüşebiliyordu. İçine girenler çıkamıyordu bir daha. Bir sürü ölü sevda yatıyordu içindeki bataklıkta.

Neyse... Tatsızlığa gerek yok. Madem ki bu gece hepiniz buraya beni görmeye geldiniz, madem ki hepinize bir ömürlük ikram sunmuşluğum var, hoş geldiniz sevgili eski sevgililerim. Biliyorum hepiniz biriciksiniz. Bu çoğul tanımlama rahatsız ediyor hepinizi. Hiçbiriniz "eski sevgililer" grubu içinde anılmak istemiyorsunuz ama hep birlikte gelmişsiniz işte. Yapacak bir şey yok.

Elbette pis işlere de bulaştık bazılarınızla. Yanlış zamanlarda yanlış şeyler söyledik birbirimize. Ama hiçbirinizin yüzünü silemedim yüreğimden. Hiçbirinizin fotoğrafını atmadım mesela. Yaşadıklarımı hep taşımak istedim sonrakilere. Hepinizin adını göğsüme işledim ve taşıdım göğsümde muska gibi... Bir tek sen hariç. Ki, buradaki herkes de biliyor ki en çok seni sevdim. Ben seninle her şeyi göze almıştım. Ama şimdi belki de ilk kez bir fotoğrafı yakacağım. Hangi fotoğrafı biliyor musun? Hani sen ve ben... Hani bir yazlık ikindisinde... Hani ellerin ellerimle kardeş, teninde şehvetli bir bronzlaşma, birbirimize bakıyoruz... Birbirimizin ta içine bakıyoruz. İşte o fotoğrafı yakmak istiyorum şimdi. Hayır yalan söylediğin için değil. Hayır başka sarılmalara aceleyle koştuğun için de değil. Yakacağım o fotoğrafı, çünkü farkettim ki sen orada bana bakmıyorsun. İşte bu yüzden, bende yaşadığım bir şeye ilk kez zarar verme dürtüsü uyandırdığın için. İlk kez çırılçıplak bir pişmanlık duygusuyla yüzyüze getirdiğin için yakmak istiyorum senden kalan ne varsa. Fotoğrafların, gülüşün...

Neyse...

Hoş geldiniz sevgili eski sevgililerim...

KURTARILAN

Her yan patlıyordu. Bazen arabalar, bazen dükkanlar, bazen bizzat insanlar...

İnsanlar insanları kurtarmak için insanları öldürüyordu...

İnsanları kurtarmak için insan öldüren insanları öldüren insanlar vardı...

Her tür öldürmeye, hatta insanları kurtarmak için insan öldürenlerin öldürülmesine karşı çıkan insanların, ölümü herkesten çok hak ettiğini düşünen insanlar vardı...

Bütün bu insan öldürmeler insanları kurtarmak içindi.

Bir gün insanların kurtarmaktan vazgeçeceği düşüncesi tek kurtuluş umudu olmuştu.

Ama bu bir türlü gerçekleşmiyordu. Çünkü insanoğlu doğan, büyüyen, kurtaran ve öldürülen bir canlı türüydü. Kurtarmadan yaşayamıyordu. Kurtarmaya kalkınca zaten yaşayamıyordu.

Kurtarılmak istenen insan tipine genel olarak "masum insan" veya "kurtarılan" deniyordu. Bir Kurtarılan'ın ortalama ömrü yaklaşık elli ile altmış yıl arasında değişiyordu. Ancak genellikle bu yaşlara ermeden herhangi bir kurtarıcı tarafından öldürülüyordu. Kurtarılan'ın temel özelliği herhangi bir kurtuluş hareketine doğrudan katılmamış olmasıydı. Onu masum yapan özelliği işte buydu. Kurtarılan'ın görevi legal ya da illegal bir kurtarıcıya bir biçimde yardımcı olmaktı. Ya gidip kendisini bu hayattan kurtaracak bir partiye oy veriyordu ya da yasadışı bir başka kurtarıcıya yardım ve yataklık ediyordu.

Kurtarılan'ı bütün kurtarıcılar çok seviyordu. Her şey ama her şey Kurtarılan içindi. Kurtarılan kurtarıcının canından bile azizdi. Herhangi bir kurtarıcı Kurtarılan için gözünü bile kırpmadan ölebilir veya öldürebilirdi.

Kurtarıcı ise aslında hayata bir kurtarılan olarak başlayan ama kurtuluş umudunu yitirdiğinde kurtarıcı olan bir insandı. Önce kurtuluşa giden en iyi yolu gösteren kitaplar okuyarak işe başlıyordu. Önder kurtarıcıların yazdığı kitaplar ona ışık tutuyordu ve çoğu zaman o ışık çapı ve markası değişen bir silahı aydınlatıyordu.

Bir kurtarıcıyı kutsal ve üstün yapan temel özellik ölümü göze alabilme cesaretiydi. Bu özellik onu şiirsel hatta bazen efsanevi bir kişilik haline getiriyordu. O halk (yani kurtarılanların toplu adı) için ölümü göze almıştı... Gencecikti... Tam sevda çağındaydı... İçinden fışkırdığı kıraç toprağa inat, umut dolu bir filizdi... Ve o, daha güzel bir dünya uğruna girdiği çatışmada vurulmuş ve o kıraç toprağa geri dönmüştü... O halkı için ölümü göze almıştı. O bir kahraman, bir kurtarıcıydı...

Ve o kurtarıcı ölümü göze aldığı andan itibaren öldürmeye başlamıştı...

Kurtarıcıların çoğu bir kurtarılanın çocuğuydu... Kurtarıcılar kurtarılanların baskısından, cahilliklerinden kurtulup mücadeleye katılmıştı... Yani kurtarıcı önce kendisini aile bağlarından, çevre baskısından kurtarmak durumundaydı.

Kurtarıcının davasında ölüm, her an karşılaşılabilecek sıradan bir durumdur. Bir şiirde ölüme "adın kalleş olsun" deniyordu ama diğerinde "hoş geldin sefa geldin" şeklinde karşılanıyordu. Sanki kurtarıcılar ölümü yaşamdan daha çok seviyordu. Bazen bir işkence seansında (ki bir kurtarıcıya işkence yapan da kendi açısından bir başka kurtarıcıydı), bazen bir kurşun marifetiyle ya da pimini bizzat kendi çektiği bir bomba yoluyla ölüyorlardı. Onlar başkaları için hayatlarını veriyordu. O halde başkalarının hayatını da istedikleri zaman alabilirlerdi. Ölen öldürme hakkını kazanmış oluyordu.

Kurtarıcılar, kurtarılanların kurtuluşu için kendilerini ve kurtarmak istediklerini öldürüyordu.

Önceleri kolaydı. Kurtarıcıların inandıkları bazı ideolojiler vardı. Yani öldürmelerin kitapta yeri vardı. Mesela bir kurtarıcı karşı taraftaki bir kurtarıcıyı halk adına cezalandırıyordu ve bunu kitabına da uyduruyordu...

Sonra ideolojiler zayıflamaya başladı. İlk duyulduğunda insanın yüreğine kazınan kimi sözler artık etkisini yitirmeye başlamıştı. Evet biz hâlâ halktık ama yeniden doğmuyorduk ölümlerde. Biz güzel günler, daha yaşanası bir dünya baharı beklerken asit yağmurları yağmaya başlamıştı.

Cesetler hâlâ genç ve yakışıklıydı ama aynı marşı çağrıştırmıyorlardı artık kartpostallarda.

Oysa gerçek kahramanlar -ki onlar aslında kahraman falan değil sadece gerçektiler- kimseyi öldürmeden ölüyorlardı... Onlar insani denizleri gezmiş, ermişlerdi. Ama onlar da romantik kurtarıcılar olarak küçümseniyordu. Teorisi zayıftı onların, öldürmeye yetmiyordu. Hatta biraz salak şair muamelesi görüyorlardı. Aslında sadece birilerini kurtarmak için değil, başka türlü yaşayamadıkları için mücadele ediyorlardı. Kurtarma hırsları yoktu. Onlar tüm içtenlikleriyle yoksulluğa karşıydı, kavgada taraflardan birini seçmişlerdi belki ama asıl amaçları kavgayı ayırmaktı. Ama öldürüldüler... Genceciktiler. Ve hiçbir gencecik kimseyi de öldürmemişlerdi. Hayatlarının en derin çukuruna düştüklerinde bile Rodrigo'nun gitar konçertosunu dinleyecek kadar şairdiler...

Geride bıraktıkları son mektuplarında bilinmesini istiyorlardı ki, kalanları utandıracak hiçbir şey bırakmadan gidiyorlardı. Hiçbir annenin yüreğine onulmaz bir acı bırakmamışlardı. Birilerinin kahramanıyken bir başkasının düşmanı olmamışlardı. Hiç kimse ama hiç kimse onların kartpostalları karşısında kötü şeyler düşünmezdi. Onlar sağı solu aşıp yukarı çıkmıştı, onlar herkesin gerçek kahramanıydı. Aslında onlar kahraman falan değil sadece gerçekti. Ve gerçek olmak kahraman sayılmaya yetiyordu. Ama gelin görün ki teorileri zayıftı, öldürmeye değil sadece ölmeye yetiyordu.

Çünkü onlar ölümü, kimseyi öldürmeden göze alacak kadar "salaktı."

Gerçek "kahramanlar" o güzel ülkeye gittikten sonra onlardan sonra gelenler meseleye daha hesaplı yaklaştı. Bu seferkiler o kadar saf olmayacaktı. Giderken düşmanları da birlikte götüreceklerdi. Ve Rodrigo'nun gitar konçertosunu pasifist bir beste olarak görüyorlardı...

Ve artık sokaklarımızda bir tek ÖLÜM dolaşır olmuştu... Kurtarıcılar ve kurtarılanlar hâlâ vardı ama kimin kimi neden kurtardığı meçhuldü.

Ve kurtarıcılar, kurtarıcıların kurtarmak istedikleri halk için, halk adına, halkın gözü önünde ve halka rağmen öldürmeye devam ediyorlardı.

İYİ YALNIZLIKLAR

Bazen önemli olan bir tek şey vardır: Bir bayram ya da tatil yüzünden ya da akla gelmedik bir başka nedenden ötürü yola çıkarsınız ve korkarım ki bazılarınız yolun sonunu göremez... Veya başka bir deyişle yolun sonunu görür!.. Hedefinize varın ya da varmayın hepiniz için yolculuk başlar. Ve hepiniz sanal bir bayram neşesinden sıyrılarak yanağınızı otobüsün buğulu penceresine dayar ve yol boyu yalnızlığa garkolursunuz.

İyi yolculuklar...

Nereye giderseniz gidin yalnızsınızdır ve asıl yalnızların işidir yolculuk... Yola bakarken -mideniz bulanmasın diye- gidilecek yollarını düşünürsünüz hayatınızın. Herkesi ve her şeyi en hüzünlü, en insan tarafından düşünebilmenizi sağlar yolculuklar. Bir şehri terk etmenin garipliği, bir yere varmanın coşkusuna karışır.

— Varır varmaz ara tamam mı?

Gece... Yanınızdan geçen ışıklı evleri insanların... Ve o ışıklı uzak evlerin içindeki ışıklı ışıksız hayatlar... Bir dağın ıssızlığına direnen küçük bir lambanın aydınlattığı tek göz odaya bir saniyeliğine bakarken "orada ben de olabilirdim" diye düşünmediniz mi hiç? Size uzak bir hayatın soğukluğunu hissetmediniz mi iliklerinizde? Tanrım burada nasıl yaşar bu insanlar diye düşünmediniz mi?

Elbet bir gün bir yolun olmadık bir noktasında yakalar insanı şehirlerarası bir hüzün. Çünkü siz zaten ayrılık makamında bir yolculuğa çıkmışsınızdır. Sevdiklerinize ulaşmak için ayrılmışsınızdır sevdiklerinizden. Yol sizin en sevdiğinizdir artık. Yol sizi en acıtan...

Bir kasabanın içinden geçeceksiniz geceyarısı... Kasaba size çok anlamsız gelecek. Tek bir caddeyi seyreden karanlık ara sokaklar bırakacaksınız geride. Terk edilmiş loş vitrinler ve moralsiz florasan ışıkları bazı küçük birahanelerde... Arjantin Birahanesi yazacak efes pilsenli tabelasında ve siz 1978 yılında Arjantin'de yapılan dünya kupasını hatırlayacaksınız. O yıllardaki filintalığınızı mı düşüneceksiniz yoksa Kempes'in omuzlarına düşen saçlarını mı? Birahane sahibinin yetmişsekiz yılına saplanıp kalmışlığını mı? Yoksa yetmişsekiz yılının şurasına burasına devrilen gencecik hayatlarını mı arkadaşlarınızın? Hangisini düşüneceksiniz? Sadece tek bir tabela... Yanından saatte doksan kilometre hızla geçtiğiniz tek bir tabela hangi geçmiş üzüntüye götürecek sizi?

Küçük yerlerde çok içen insanların kederine mi kapılacaksınız yoksa? En çok içilen yerlerin en muhafazakarlığına mı takacaksınız kafanızı?

Son kullanma tarihi bir türlü geçmeyen hüzünleri hatırlatır yolculuklar.

Nereden baksanız üzücü trafik işaretleridir yollardaki...

Nereden baksanız yalnızlık...

Derken otobüs yolun üstünde bir otogara girecek, uykunuzdan uyanacak ve aydınlıktan tiksineceksiniz bir an. Birileri inecek, başka birileri binecek inenlerin sıcaklığının henüz bitmediği koltuklara...

Birbirlerini çıplak görür yol arkadaşları... Oynamazsınız çünkü muhtemelen bir daha karşılaşmayacaksınız. Olabildiğince samimidir yol arkadaşlığı. Tabii çoğu zaman derinliksiz bir geyik muhabbeti eşliğinde. Yolcunun yalnızlığını giderecek bir derinleşme olmaz sohbette. Öylesine bir kimlik yoklaması ama yine de kimi aşklardan bile daha samimi. Çünkü hepiniz bilirsiniz ki ne kadar derine inerse ilişki, bazen o kadar derine saklanır yaralar.

— Ne iş yapıyorsun birader?

— Serbest meslek...

— Gazeteye bakabilir miyim?

— Tabii buyrun...

— Gazetelerde de bir şey yok ya, bakıyoruz işte...

— Öyle...

Nereden baksan hüzün güzergahı...

Nereden baksan yalnızlık...

Sonra yol insanlarının yanından geçer gidersiniz. Kimi trafik polisidir, kimi herhangi bir yolüstü esnafı.

Onlar en yalnızlarıdır yol ülkesinin... Hızla geçersiniz onların yorgun gözlerinin önünden... Kalıcı hiçbir şeyi yoktur yol insanlarının. Her şey yanından geçip gider onların. En fazla yarım saat durursunuz bir yol insanının yüreğinde...

— Tuvalet ne tarafta?

— İlerde sağda.

— Sağol...

— Hayırlı yolculuk...

Önünden binlerce seçenek geçer yol insanının. Bir sürü araç gider Ankara'ya, İstanbul'a, İzmir'e... Yeni hayatlara gidebilir herhangi vasıta vasıtasıyla... Ama yol insanının hayatı bu alternatiflerin kıyısında kalır hep. Arkasından bakar gıcır gıcır yaşamaklara koşan otobüslerin. Bahsettiğiniz hayatların gıcırlığı tamamen sizin kuruntunuzdur elbette. Yoksa, elinde benzin pompası, hızla kendi paslı hayatına döner yolinsanı. Onun hayatının paslılığı da sizin kuruntunuzdur elbette...

İşte siz bunları düşünürsünüz yol boyu. Hiç tanımadığınız insanların dertleri içinizi soğutur, belki de çayır cayır yanarken otobüsün kaloriferi. Dedim ya yola çıktınız bir kere. Yalnızsınız ve her çeşit hüzne açıksınız...

Sonra her yolculuk geçmiş yolculukları hatırlatır size. Oradan üç yıl önce de geçmiştiniz hatırladınız mı?.. Elinizin içindeydi sevdiğinizin eli. Zaten daha otobüs hareket etmeden uyuyakalırdı. Dünyanın en kısa yolculuklarını yapardı o. Siz onu seyrederdiniz yol boyu... O kadar sessiz o kadar hareketsiz uyurdu ki, arada bir nefes alıyor mu diye kontrol ederdiniz. Sanki yeni doğmuş çocuğunun yaşıyor olması mucizesini henüz kavrayamamış amatör bir baba gibi. Yemek molasında kıyamamıştınız uyandırmaya. Ama yine de en azından yoğurt yemeli diye düşünüp uyandırmıştınız güç bela... Uykusunun arasında dudaklarından öpmüştünüz hatırladınız mı? Çok sonra aynı dudakların arasından size düşman kelimeler çıkmıştı. Ayrılmak istiyordu çünkü başka birini seviyordu artık, hatırladınız mı? Usulca çekti elini elinizin içinden... Hâlâ parmak izleri var elinizin içinde, hatırladınız mı?

Dedim ya yoldasınız... Nereden baksan hüzün taşımacılığı...

Nereden baksan yalnızlık yakıyor aracınız...

Eğer bir kazada bedavadan ölmezseniz varacaksınız oraya... Orada bir bayramı mümkün olduğunca anlamlı hale getirip sonra dönüş yoluna çıkacaksınız. Bütün bu sayılan hüzün bahanelerinden geçeceksiniz yine... Yol arkadaşınız yine yalnızlık olacak... Sonra varacaksınız asıl kentinize... Sonra yine tatiller, başka sebepler olacak. Yine düşeceksiniz yollara... Sonra yine döneceksiniz... Sonra yine... yine... yine...

Nereden baksan müebbet bir yolculuk...

— Hepinize iyi yalnızlıklar...

Sizi tanıyabilir miyiz?

"Eğer çok konuşuyorsanız,
çok az şey konuşuyorsunuz demektir!"
G. S. Lavhuk

Hepsi durmadan, dinlenmeden, nefes almadan, düşünmeden, taşınmadan ve hiçbir gereklilik ya da anlam taşıma kaygısı gütmeden, bağıra çağıra konuşuyor... Bir saniyelik bir es bile onlara dünyanın sonunu hatırlatıyor ve onlar susunca biz dünyanın sonunun o kadar da kötü olmayacağını düşünmeye başlıyoruz.

Zamana karşı boş konuşanlardan, DİCEYLERDEN, VİCEYLERDEN söz ediyorum.

Bazen bir radyonun boş, karanlık kabininde, bazen bir televizyonun inadına aydınlık stüdyosunda, boşluğa karşı boş konuşanlardan söz ediyorum.

Onlar herkesle her şeyi konuşabilir. Onlar her şeyi bilir. Her şeye karışabilirler. Onların her konuya bodoslama girebilmeyi sağlayan ehliyetleri vardır. Kendilerini tüm toplumun psikoloğu zannederler. Evet insanlarımızın psikolojik sorunları olduğu açıktır, çünkü günün her saatinde en az bir dicey veya viceye canlı bağlantı yapmaktadırlar. Avcılar'dan aradıklarını, yaşlarını ve bazen de mesleklerini söylerler, başka da bir şey söylemezler. Zaten günlük yüz kelime kullanma haklarını doldurmuşlardır ve sıradaki parçayı isteyip telefonu kapatmak en iyisidir. Canlı bağlanan ile boş konuşan dicey arasındaki konuşma tipiktir. Bu konuşma her gün yüzlerce radyo kanalında aynen yaşanmaktadır. Süreç diceyin stüdyo şefine attığı pasla başlar:

DİCEY: Evet (bütün diceyler evet diye söze başlar), bir telefonumuz var...

Evet güzelim bir telefonunuz var, bu yüzden sizi arayabiliyor insanlar. Önce alo deme ve birbirini duyamama konusunda yaşanan klasik bir aksama bölümünden ve arayan gerzeğe radyosunun sesi şık bir uyarıyla kıstırıldıktan sonra:

DİCEY: Sizi tanıyabilir miyiz?

Aslında tanıyamazsınız! Çünkü bir insanı tanımak çok zordur ve zaman isteyen bir süreçtir. Otuz yıl evli kalıp birbirini hâlâ tanımayan insanlar vardır. Bu yüzden siz yüzünü görmediğiniz, sesini bile yarım yamalak duyduğunuz bir insanı tanıyamazsınız, olsa olsa ismini öğrenebilirsiniz:

ARAYAN: Adım Recep Yarma, Ankara Sincan'dan arıyorum.

Evet bir Arayan'ın isminden hemen sonra söylemesi gereken şey nereden aradığıdır. Bu hem arayan hem aranan açısından son derece önemlidir. Neden önemlidir bilinmemektedir ama önemlidir işte. Hatta eğer bir kaza sonucu arayan, nereden aradığını söylemeyi unutursa aranan hemen sorar ve cevabını alır.

Genel kurallardan biri de şudur: Dicey, arayan kişinin her söylediğini mutlaka en az bir kez tekrar eder. Örnekleyelim:

DİCEY: Nereden arıyorsunuz beyefendi?

ARAYAN: İzmir'den arıyorum efendim.

DİCEY: İzmir'den arıyorsunuz... Kaç yaşındasınız?

ARAYAN: Otuzüç yaşımdayım...

DİCEY: Otuzüç yaşındasınız... Evli misiniz?

ARAYAN: Evliyim...

DİCEY: Evlisiniz... Ne iş yapıyorsunuz?

ARAYAN: Marangozum...

DİCEY: Marangozsunuz...

Bu böyle dünyanın en anlamsız tekerlemesi olarak sürer gider. Dicey soruyu sorar ve ikinci soru için zaman kazanmak amacıyla cevabı tekrarlar. Ama kazandığı zamanı çarçur eder, çünkü yine amaçsız yararsız bir soru sorar.

Çoğunlukla diceylerin programının bir konusu vardır. Çünkü boş konuşma maratonu boş konuşanları bile yorar hale gelmiştir ve bari belli bir konu etrafında boşuna konuşalım diye düşünmüşlerdir. Konular genellikle aşk, aldatma, yalan gibi her yönüyle boş konuşmaya müsait şeylerdir. Düşünsenize, bu konularla ilgili incir çekirdeği içinde bile görünmeyecek zerrelikte laflar etmek hangi vatandaşımız için sorun olabilir ki? Tabii bütün bunlar konuşulurken sürekli ama sürekli bir "Hadi coşalım eğlenelim ve hep komik şeyler olsun tanrım" hezeyanı yaşanmaktadır. Aslına bakarsanız ben bu sürecin daha eskilere dayandığını ve sayın Erol Büyükburç'la başladığını düşünüyorum (ki yeri gelmişken belirteyim, kendisine devlet sanatçılığı konusunda büyük haksızlık yapılmıştır çünkü sayın Büyükburç bu devlete en yakışan sanatçılardan biridir...) Erol Büyükburç yıllar önce bir gün durup dururken, ortada kayda değer hiçbir sebep yokken "Eğlenelim coşalım, haydi gençler hop hop hop" demiş ve yukarıda sözü geçen süreci başlatmıştır... Durup dururken niçin eğleniyoruz? Eğlenirken niçin "hop hop hop" diyoruz? Bu lafın manası ne? Hadi tamam bazen "lay lay lom" gibi sözler eğlenen kişiler tarafından sarfedilebilir ama "hop hop hop" nedir? Üstelik sadece eğlenmeniz de yetmiyor sayın Büyükburç'a göre, aynı zamanda coşmanız da gerekiyor. Çünkü gençsiniz ve "hop hop hop" komutunu alır almaz zıplamaya başlamanız gerekir!

İşte sayın Büyükburç'un o talihsiz besteyi yaptığı günden bu yana ülkemizde eğlenmek, gülmek için belli bir sebep arayışı devreden çıkmıştır. Sebepsiz eğlenceler, manasız espriler hayatımızı özellikle radyolar aracılığıyla kuşatmıştır. Daha da ötesi, artık diceyin esprilerine gülen insanlara da ihtiyacı yoktur. O kendi mizahi yeteneğine kendisi karar vermektedir. Çünkü elinin altında bir düğme vardır, o düğmeye basınca yüzlerce insan kahkahadan kırılmaktadır. Yani günümüzde mizah mesleği en şanslı dönemini yaşamaktadır. Çünkü gerçekten gülen insanlar devre dışı kalmıştır. İsterse hiç kimse diceyin anlattığını komik bulmasın ne gam, basar düğmeye, gülmekten öldürür olmayan insanları!

Sakın yanlış anlaşılmasın; bu diceylerin tümü boş konuşan, kötü espri yapan insanlar değildir. İçlerinde mana peşinde koşan bir azınlık vardır ve azınlığın haklarından yararlanmaktadırlar...

Tüm dicey ve viceylerin çok geniş bir hayran kitlesi vardır.

Radyo ve/veya televizyonda bir insana hayran olma süreci o insanın ilk programının ilk saniyesinde başlar. Çünkü zaten kalabalık bir kitle radyo ve/veya televizyonun başında durmuş, hayran olmak için birisini beklemektedir. İşte o sıra kim denk gelirse kendisine hemen ailecek bayılırlar. Bu kadar çabuk, bu kadar nedensiz bir hayran kalmayı incelemek gerekir elbette. Çünkü çok az bir kitlenin izleyebildiği küçücük bir yerel radyoda, hayatında ilk defa mikrofon başında peşpeşe üç cümle kurmuş bir insana bile bazı insanlar hemen telefon açıp hayranı olduklarını söylüyorlar. Artık starların hayranlardan daha kalabalık olduğu bir ülkede bu "aniden hayran olma" sendromunu kendine güvensizliğin doruk noktaya ulaşmasına bağlamak acaba abartılı mı olur? Yoksa bu "hayranınım" lafı, "senden haberim var, hepsi bu" cümlesinden öte bir anlam taşımıyor mu? Belki de öyledir çünkü henüz ülkemizde hayranı tarafından öldürülmüş ya da ciddi bir saldırıya uğramış herhangi bir star olmadığına göre, bağlılığına hayran kalacağımız bir hayran kitlesi de yok demektir.

Onca megahertz gürültüsü içinde bazen radyoların yasaklandığı dönemi düşünüyorum... Arabaların antenlerine bağlanan öfkeli siyah kurdelaları... Konuşan

Türkiye istiyorduk ve Boş Konuşan Türkiye'ye kavuşmuş bulunuyoruz.

Herkesin her durumda kendini ifade ediş şeklinin aynı olması ne acıklı bir durumdur. Her maç öncesi ve sonrası bütün futbolcuların bütün sorulara verdiği cevapların tıpatıplığı sizi de delirtmiyor mu?

MUHABİR: Evet Ercan ne diyorsun maç için?

GERİDÖRTLÜDENERCAN: Vallahi zor maç... Puana ihtiyacımız var... Kaybetmeye tahammülümüz yok... İnşallah kazanırız.

Ya da önemli bir penaltıyı gole çevirmiş oyuncuya soruyorlar.

MUHABİR: Penaltı sırasında ne hissettin?

GOLCÜERCAN: Vallahi ne bileyim... Vurdum gol oldu...

"Vurdum gol oldu" olur mu Ercan? Bu kadar basit mi Ercanım? Hayatı bu kadar angutca yaşamak seni rahatsız etmiyor mu yiğidim? Olay şöyle oldu... Sen topu beyaz noktaya koyduğunda yaklaşık on milyon insan nefesini tuttu... Sen gerildin... Ve seninle top arasındaki mesafe birdenbire dünyanın en uzun yolu oldu... Koşmaya başladın... İlkokuldaki teneffüs zilleri geldi aklına... O zaman da böyle hevesle koşardın... Sonra sevdalını düşündün... Defileye yetişebilmiş miydi acaba? En sonunda taraftar geldi aklına, ya kaçırırsan? Bu hafta rahat uyutmazlar artık! Ne sahtekarlığın kalır ne milyarlık eşekliğin... Atmalısın bunu Ercan... Koşmalısın Ercan, seni cıvıl cıvıl bir eğlenceye ulaştıracak teneffüs zilini çaldırmalı ve ilkokulun bahçesinden tribünlere doğru koşmalısın!

Birbirleriyle konuşur, paylaşır gibi yapan ama konuştukça susan, sustukça yalnızlaşan, yalnızlaştıkça güvensizleşen insanların diyarında yayınımız yirmidört saat devam etmektedir... Pardon, bir telefonumuz var... Alo!.. Sizi tanıyabilir miyiz?

Peki bir insan bir dicey veya viceyi niçin arar?

BAHÇEMDEKİ ERİK AĞACI

"... ben her bahar pişman olurum
güneşe kanar baharlarım
orospu bir gülüşün gamzelerine
yaprak yaprak teslim olurum..."
Y. Cumhur Gürbüz

Hiçbir yere doğru düzgün uğramadan, uğrasa bile kendini törpületecek, nasırını kalınlaştıracak pişmanlıklar ve an'ı uzatacak sevinçler toplamak için az biraz duraksayan ve sonra stabilize yolda seyrine devam eden bir ömür geçip gitti sandım bu sabah...

Çok uzak bir dağkentte başlayan, sonra Anadolu'nun ortasında, bazen sebepsiz görünen ama dünyanın en sevgili sonbaharlarını yaşatan o büyük başkentte yeşeren ve ardından dünyanın en dolambaçlı, en sahtekar ve en güzel şehrinde sürüp giden bir ömrün sonuna yöneldiğimi düşündüm bu sabah. Henüz otuzlu yaşların başında ama davetsiz gelmiş bir baharın tam ortasında...

Bahçeme nisan gelmiş, hiç haberim olmadı. Her nisana hazırlıklı olamıyor insan. Ne bir sevda hazırlığımız var, ne de umut veren bir girişim... Bilsek bir yerlerden bir şeyler uydururduk. Hakiki bir aşk değilse de nisanı idare edecek bir didişme ayarlardık belki, ama olmadı.

Yine yeni ve aşksız bir baharın kapısında buldum kendimi. Her yerden hayat fışkırıyordu ve ben yalnızdım... İçimdeki filizlerde tuhaf bir sonbahar yorgunluğu varken bu sabah ve durup dururken dedemin bahçesiyle buluştum.

Toprağın rutubetini koklayıp içimin en gizli yerlerine ulaştırdım. Gökyüzüne bakıp yeşil bir yaşamak için uzun uzun gerindim.

Onca beton yılın ve sentetik serüvenin ardından yalansız toprakla karşılaştım bu sabah. Çıplak ayakla yürüdüm nemli toprağın ve uzak geçmişimin üstünde...

Dalları suyun üstünde (yani bir öpüşmenin en güzel yerinde) dururdu erik ağacının. Havuzun suyunda cilveleşirdi dalından zamansız düşen, sırasını şaşırmış, yeşil, ekşi ve çocukluğumun en iyi arkadaşı erikler. Nereden bilebilirdim o zaman bütün aşkların o erik tadının yeniden anımsanması olduğunu? O yıllarda bilemezdim elbet dedemin bahçesinde geçirdiğim günlerin hayatımın en uzak hasretine dönüşeceğini...

Yaz sonu, okulun açıldığı ilk günlerde, Ankara'nın ayva zamanlarında yani, "Yazı nasıl geçirdiniz, yazınız" ödevlerinde anlattığım tek öyküydü dedemin bahçesindeki yeşil yaşamaklar. Yerelmasını dalından, yaprağından tanıdığımız günlerdi. Ciddiye alın, kolay iş değildir yerelmasını toprağın yüzünde tanımak. Zaten ben de çok sonradan anlayacaktım bunun humuslu bir maharet olduğunu... Ve çok yenilgi sonra anlayacaktım en gerçek sevdanın insanla toprak arasında yaşandığını. Ölüm gibi bir kavuşma başka nasıl ve kiminle yaşanabilirdi ki?

Ölüm dışındaki tüm kavuşmalarda belli belirsiz bir ayrılık tadı vardı çünkü. Baharın hem sevda hem ayrılık tadı taşıması gibi. Her sevinç uzak bir hüznü hatırlatır ya, öyle işte. Biz o hüzünden kurtulduğumuza, onu geçmişte bıraktığımıza seviniriz aslında. Oysa hiçbir acı bıraktığımız yerde kalmaz; onu yanımızda taşır, yeni baharlara ekleriz. Erken açan filizlere soğuk vurur birden. Güneşe güven olmaz çünkü, zamansız doğar bazen ve dolandırır yüreğimizdeki tomurcukları...

Yalınayak ve kent yorgunu bir yürekle toprağa bastım bu sabah. Etrafta bahar... İçimde nedensiz bir yaprak dökümü... Hep yanlış hesaplıyorum yaşımı... Bir nisan ayı cıvıltısı için yaşlı mı sayılırım artık? Herkeste bir kır gezintisi telaşı varken ben saçıma düşen kırları sayıyorum. Henüz otuzlu yaşların başında ama habersiz gelmiş bir baharın tam ortasındayken...

Oysa temiz bir aşk için her şey hazırmış gibi görünüyor: Güneş en samimi ikliminde, ağaçlarda sevgili filizleri, deniz en yosma maviliğine kuşanmış ve kuşlar her sevda anına şahitlik yapmaya teşne...

Dışarıda sevgili bahar... Liseli defterlerde şiir izdihamı... İlk bakışmalarda güzelim kalp spazmları... Ağaçlı yollarda yürürken ipe sapa gelmez sözler yüzünden boşluğa savrulan genç kahkahalar... Bazen bir belediye otobüsünde gürültülü kahkahalar atan bir gruba rastlarsınız ve muhtemelen kızarsınız onlara. Oysa onlar otobüsün içindeki baharı temsil etmektedir. Geri kalanlarda bir kış suskunluğu vardır.

Baharın gürültüsü rahatsız eder bütün kışları.

Bu sabah bahçeye çıkıp yeşil yaşamaklar için gerinmeden önce içime kırağı düşmüştü benim de. Hiç hesapta yoktu bu gürültülü nisan günü. Aklımda sebepsiz bir yaprak dökümü... Ama çıplak ayakla toprağa basınca, birden dedemin bahçesinde buldum kendimi... O havuz, o ekşi erik tadı.

Ne dedemin bahçesindeyim şimdi, ne de dalları değiyor erik ağacının suya. Öksüz kalalı çok oldu dedemin bahçesi. Kimse su vermiyor çocukluğumun havuzuna. Dedemler beton ve caddeüstü bir hayata taşındı. Şeftali ağaçlarının hüzünlü şarkısını söyleyen de dinleyen de kalmadı artık.

Ama ben bu sabah aradan bir gençlik geçtikten sonra çıplak ayakla toprağa bastım. Tepemde dalları yüklü, tepemde dalları güleryüzlü bir erik ağacı... İşte o zaman hâlâ toprakla dost olmak mümkün diye düşündüm. Sanki ben hep aynı yerde durmuştum da bütün yaşamaklar yanımdan geçip gitmişti. Ben hâlâ dedemin bahçesindeydim ve hâlâ erik ağacının dalları suya düşüyordu bir sevgilinin saçları gibi.

Bu sabah, tepemde dalları hayat yüklü bir erik ağacı, nemli toprağa çıplak ayakla basarak ve geçmiş pişmanlıkları yeni korkulara ulayarak dedim ki; haydi yüreğim! İşte yeniden toprağa ve hayata aşık olma zamanı!..

Kırılgan

Senin asıl adın Kırılgan. Alnında yazıyor... Gözaltlarına işlenmiş hatta mor alfabesiyle hüznün...

Sen... Ağlamaya bahane istemeyen, her daim insan gibi hıçkırabilen... Profesyonel incinen... Kırılgan.

Zor günler değil mi? Kaba saba günler... Sen, sana söylenen cümlelerin her virgülünde bir nakış zarafeti ararken, sinir sistemi olan hiçbir canlıyı yemezken sen, ne zor günler değil mi?

Sokaklar sana göre değil. Bu konuşmalar, hatta bu Türkçe bile sana göre değil. Hiçbir cadde düzenlemesi sana göre yapılmamış. Sen hesapta yoksun Kırılgan! Bütün hesaplar ortalama insan üzerine yapılmış. Seçen, seçilen ve seçmen onlar... Onlar bir yolda ağacı ya da yeşili şart koşmuyor. Geçebilsinler yeter. Ya da bir yemekte sanatsal bir şıklık aramıyorlar. Doysunlar yeter... Oysa sen öyle misin ya? Sen önce en az on dakika izlemelisin şarabın kadehteki duruşunu! Nasıl mucizevi bir kırmızı olduğuna şaşarak ama şarabın -kırmızısının elbette- aşkın meyi olmasını uygun bularak... Kırmızı çünkü, daha ne olsun! Acının renkçesi!

Oysa şarap deyince onların aklına sur dibindeki keşler geliyor. Hoş sen bahsettikleri keşleri de, kendi yaşamsal alanlarında mutlu insanlar olarak görüyorsun. İğrenmiyorsun. Herkes mutluluğun peşindeyse eğer, onlar bizden bin şişe daha yaklaştı mutlu sona diye düşünüyorsun. Çünkü her şarap ehli biraz kırılgandır, bunu biliyorsun.

Ölüleri seviyorsun sonra... Şiir yazmış yazmamış, icat yapmış yapmamış, bomba koymuş koymamış bütün ölüleri seviyorsun. Ölülerden hınç alanları anlamıyorsun. Nasıl oluyor da teröristler ölü olarak ele geçiriliyor anlamıyorsun. Peki bu ölü olarak ele geçirilenler ne olarak gömülüyor! Bir terörist öldükten sonra da terörist midir? Bir ölü nasıl terör eylemi yapabiliyor?

İnsan öldüren ölüler mi var? Korku filmi mi çeviriyorsunuz yoksa benim devletim artık reenkarnasyona mı inanıyor? Bir idam cezasını kaç kez infaz edebileceğinizi sanıyorsunuz ki? Neden gencecik, çürümüş ölü bedenleri yanyana dizip dünya aleme gösteriyorsunuz? Neden, en azından ölü genç kızların üstünü örtmüyorsunuz? Onların çıplaklığı sizi utandırmıyor mu? Neden? Ölülerden ne istiyorsunuz? Önce düşmanı vurup sonra mezarı başında böğüre böğüre ağlayan kahramanlar yaşamayacak mı bir daha? Reenkarnasyon onlar için geçerli değil mi? Ölüleri rahat bırakın. Onlara saygılı davranın. Onlar öldü. Korkacak bir şey yok artık. Bu kardeş talanında hepsi bizim bahçemizin çocukları değil mi?.. Ölen, öldüren... Madem ki bu ölmeler öldürmeler bitmiyor, bari gelin ölülerimizi aynı saygıyla gömelim. Matemimizde ortak olalım. Ağıtlarımız kardeş değil mi artık yoksa? Birbirimize taziyeye gidelim. Ağlayıcı kadınları olalım acılı evlerimizin!

Boşuna bağırıyorsun Kırılgan, duymuyorlar. Zaten biraz daha bağırırsan sana da terörist diyebilirler. Oysa sen sinir sistemi olan hiçbir canlıyı yemiyorsun bile. Farketmez, çünkü onlar o kadar çok bağırıyor ki kendi seslerinden başkasını duymaz olmuşlar.

Senin asıl adın Kırılgan. Dudaklarının titrekliğinden belli. Yanlış ülkenin hatta yanlış dünyanın zamansız gelmiş çocuğusun sen. Öyle tuhafsın ki her ölüme ama her ölüme ağlıyorsun... Zalimin de mazlumun da acı sonu seni aynı oranda üzüyor artık. Hatırlıyorsun hâlâ Çavuşesku'nun cellatlarının karşısındaki çaresizliğini... Ve tanrı kamerayı yarattı diyorsun kendi kendine. Yaşasın artık istediğimiz kadar zavallılaşabilir ve bunu gizli veya apaçık kamerayla tesbit edebiliriz! Çünkü artık her boydan her çeşit kameramız var. Görme duyumuzu -ki en kolay kandırılandır- bütün duyularımızın önüne çıkarabiliriz artık! Yaşasın, dünyamızı istediğimiz kadar iğrençleştirebiliriz! Bir tabak popcorn eşliğinde infazları seyredebiliriz!

Yanlış kameraya konuşuyorsun Kırılgan, seni çekmiyorlar. Dedim ya sen hesapta yoksun. Bu televizyon haberleri, programları senin için yapılmıyor. Reyting hesaplarında sen yoksun. Sen yaşamıyorsun Kırılgan. Bunların tümü onlar için yapılıyor. Onların sevdiği program, onların sevdiği haber yapılıyor. Bir haberi sevmek ya da sevmemek ne demektir sen anlamıyorsun ama, onlar anlıyor.

Sevmek... Sihirli kelimeyi kullandım galiba? Duyunca yüzünden gri bir bulut geçti de... Hangi yağmura gidiyor acaba? Seni en çok kıran sözcük değil mi? Sevgi... Sevmek... Birini, bir şeyi, bir yeri sevmek... Vatanı sevmek mesela. Bunu da çok anladığın söylenemez değil mi? Yani eğer bu, İstanbul dışında İstanbul'suz yapamamaksa, Boğaz'da bir balık-rakı akşamının hasretiyle kederden gebermekse mesela İsveç'te, söyleyecek bir şey yok galiba, tam olarak böyle değil istedikleri. Evet evet onlar İSTİYORLAR... Senin sevgini tartıyorlar. Vatanı onlar gibi ve onların istediği kadar sevmen gerekiyor. Aslında görülmez bir yazı var sınır kapılarında yurdun. SEVMEK MECBURİDİR! SEVMEYEN DEFOLSUN GİTSİN!

Sen de bağırıp duruyorsun; sevmenin mecburiyeti olur mu, mecburiyet diye bir sözcük kullanılır mı yürek mesailerinde? Bu toprak parçasını sevilecek bir yer yapalım önce!.. Ve sonra kimsenin seni duymayacağı bir kuytuya saklanıp, belki de iki damla gözyaşı eşliğinde ve muhtemelen ikinci rakı dublesinden sonra -ki şarap aşkın içkisiyse rakı da hasretindir- sızılı bir cümle düşüyor ağzından yere:

Ey benim üç tarafı hüzünlerle çevrili yurdum, umrunda mı bilmiyorum ama, seni seviyorum.

Aslında sen iyi bir adama benziyorsun Kırılgan. Kimseye bir zararın yok en azından. Ne acı değil mi, zararsız olmak iyi olmaya yetiyor. Çünkü etrafta bir sürü yaşam zararlısı var ve tarım bakanlığı henüz bunlara karşı ciddi bir tedbir almış değil...

Yani diyeceğim şu ki Kırılgan, bu kadar takma kafana... Hiçbir şeyi de üstüne alınma. Çünkü dedim ya, sen hesapta yoksun. Hiçbir şeyi seni düşünerek yapmıyorlar! Ne televizyonları, ne gazeteleri, ne savaşları...

Senin asıl adın Kırılgan... Alnında yazıyor.

BENİM ZAVALLI HARFLERİM

Çoktandır tanıyorum bu duyguyu. Bazen bir acı bazen sadece kimliksiz bir bulut sayesinde yirmi dokuz harfle burun buruna gelmek... Hadi yanındayız demeleri bana... Bizi hale yola sok, şekillendir, içindekilerden bir fihrist yap, sırala, yarala... Aslında komikler. Her şeye çare olabileceklerini sanıyorlar. Oysa beyaz kağıt üstünde bazen çaresiz lekelerden başka bir şey değiller. Mesela şu "a" harfini ele alalım. Üçünü biraraya getiriyorsun şaşkınlık oluyor. On tanesini yanyana diziyorsun çığlık kıvamına erişiyorlar.

Harfler kendilerini bir şey zannediyor.

Yazmakla ilgili ne söyleyebilirim ki, zamana karşı harf zaiyatı. İç yerlerinde beliren gri bir bulutu başkalarının da anlayabileceği hale getirme uğraşı. Oysa ne gerek var bilmiyorum. Kime anlatıyorum? Niçin? Hüzne fiyakalı bir edebiyat giydirmekten başka nedir ki yazmak? Ya da okuyanı gıdık yerinden dürtmek. Gülsünler diye. Üzülsünler diye... Anlasınlar, anlaşsınlar diye. Ve en kimseyle anlaşamayanların işiyken yazmak...

Anlatabilseydim yazmazdım.

Yazınca çekilir biri oluyorum, tek bildiğim bu. Hep başkaları için kağıda döküyorum içimin kirlenen seslerini. Evet sesler de kirlenir. Kokular bile hatta. Eski tadı kalmayabilir buğunun.

Harflerin sözcük oluşturmak için biraraya gelmesi imece usulü bir hüzün inşaatıdır çoğu zaman.

Bu kadar üzgün olmasam yazmazdım.

Yeryüzünün bu yarımadasında (belki tamada olsaydı her şey daha kolay olurdu), yani bu coğrafyası bile yarım ülkede topu topu yirmi dokuz arkadaşım var. Bazılarıyla çok az görüşsem de, mesela je ile çok samimi olduğumuz söylenemez, hep yanımdalar. Bütün sırlarımı biliyor ve benden izin alma nezaketini bile göstermeden açık ediyorlar her şeyi. Kimseyi ağız tadıyla aldatamıyorum bu yüzden. Çizgisiz bir beyaz kağıtla karşılaşmayagörsünler, her şeyi anlatıyorlar. Hem de en burkucu tarafından. Şiir diye bir şey tutturmuşlar, kimseye acımıyorlar.

Bir tek senden korkuyorlar şu sıralar.

Bak şimdi de lafı sana getirdiler gördün mü? Ne zaman seni görsem etrafta kimsecikler olmuyor. Harflerim zavallı seslerin gölgelerine saklanıyor. Oysa herkese seslerini gere gere bağırıyorlardı. Kendilerini arayıp da bulamadıkları bir cakayla biraraya getiren bir dimağ bulmuşlardı ve havalarından geçilmiyordu. Biz istersek biraraya gelir gülmekten öldürürüz hepinizi ya da göz pınarlarınızı kanatırız istersek diyorlardı. Onlar benim dilimin kayganlığını aşıp meşhur olmuşlardı. Herkesi etkileyebileceklerini düşünüyorlardı.

Harflerim beni her şeye alet ediyordu.

Ama senden korkuyorlar işte. En çok da suskunluğundan. Zaman durdu sanıyorlar sen susunca. Aptallaşıyorlar. Şimdi ne yapacağız, diyorlar. Eyvah oluyorlar aniden. Ve panik halinde sesler çıkarmaya başlıyorlar. Onları unuttun, onları istemiyorsun sanıyorlar harflerim. Güleceksin belki ama kaşlarından bile ürküyorlar.

Kaşlarının yayına takılı ok oluyor çünkü gözlerin. Baktığı yerden ses getiren gözlerin... Gözlerinin önünde küçülüyor harflerim. Üzücü bir suskunluğun içinde durup "Hepinizi tanıyorum, şaşırtıcı değilsiniz, bizde bu harflerden çok var" der gibi bakıyor gözlerin.

Gözlerin olmasa yazmazdım ve gözlerin yokken ben iyi bir yazardım.

Bozdun harflerimin fiyakasını.

Ve seninle karşılaştığım, yani annenin seni doğurduğu, bizim birbirimizi doğurduğumuz o günden sonra ilk kez biraraya geliyorlar. Tembelleşmişler. Birbirlerini ilk kez görüyor, ilk defa yanyana geliyor gibiler. Ama şimdi tuhaf bir hevesle bu korkuya direnerek toplanıp bağırmaya başlamalarının bir anlamı olmalı. Sanırım sana alışıyorlar. Kıvırcık saçlı küçük bir kız çocuğunun adının ilk harfinden aldılar işareti belki... Şaka yaptığını biliyorlar artık. Seni seviyorlar.

İşte bu yüzden sürekli bana "Seni seviyorum" dedirtiyorlar. Tekrara düşme, sıkıcı olma ya da anlamı aşındırma kaygısını bir yana bıraktılar. Çünkü onlar çok iyi biliyor ki iyi filmlerde çok zor söyletilir "Seni seviyorum" cümlesi. Esas adam, yani sapına kadar insan yürekli, karizmasında fırtınalar barındıran ama işte allah kahretsin ki sevgisini gösteremeyen adam filmin sonunda, ölürken söyler bazen. Hatta cümle "Seni hep sevdim"e dönüşür. Hep sevmiştir, gizli gizli ağlamıştır ama o cümleyi söyleyememiştir işte...

Ama ben esas adamları sevmem.

Esas adamlar sıradan insanlar içindir.

Sırayı bozmasaydım yazamazdım.

Şimdi harflerim sana, bütün cesaretlerini toplayıp kendilerine çekidüzen vererek ve "Beğenmezse bozulmayalım arkadaşlar" cümlesinin ardına saklanıp, sahip oldukları sesleri titrete titrete bir cümle hediye etmek istiyorlar:

Merhaba, seni seviyorum, seni sevmeseydim yazamazdım.

Selahattin Dedemin Adıydı

Beni incittiniz. Önce bunu söylemek zorundayım. Merhaba bile demeden. Kendimi tanıtmadan. Kendimi tanıtmak mı? Ben bunu hiç yapamadım ki... Ne yaşarken ne de ölürken anlatabildim kendimi. Ailem için talihsiz bir kazaydı doğumum ve yirmi beş yaşındaydım beni öldürdüğünüzde. Babamın utancı yirmi beş yaşındaydı.

Beni incittiniz. Hayatımın her yerine pis bakışlarınızdan bıçaklar soktunuz. Beni kanattınız. Oysa ben size hiçbir şey yapmamıştım. Beni öldürdüğünüzde yirmi beş yaşındayım. Zararsızlığım yirmi beş yaşındaydı.

Biraz çocukluğumdan söz edeyim. İlk aklıma gelen bahçemizdeki kavak ağaçlarıdır... Kavak ağaçları pamuk dağıtırdı bize rüzgarda. İçimden, hiç kimsenin duymadığı bir şarkı söyler dans ederdim rüzgarda, pamukların arasında. Anneme sorardım: "Anne pamuk ağaçta mı yetişir yoksa eczanede mi?"

Çok sonra bir gün, beni evine götüren okumuş sakallı bir adamın salonunda, onun duş almasını beklerken (duş almadan sevişemezmiş), kütüphaneden rastgele çektiğim bir kitapta rastladım çocukluğumdaki pamuklara. Şöyle yazıyordu:

"Pamukladımıydı kavaklar, kiraz gelir ardından..."

"Kim yazmış bunu" diye sordum sakallı adama sevişirken. "Güzel bir adam" dedi. Çoktan ölmüş meğerse. Şiiri yazan adam yani... Yazık diye düşündüm. Keşke ölmeseydi. Madem ki aynı bahçenin çocuklarıydık...

Ne diyordum?.. Çocukluğumu anlatıyordum değil mi? Evet babamın bana taktığı isim Selahattin'di. Dedemin adıymış. Ama ben hiçbir zaman Selahattin olmadım. Olamadım. Uğraştım aslında. Lise son sınıfta bıyık bile bıraktım ama ancak iki gün sürdü bıyıklılığım. Bıyıkla yüzüm anlaşamadılar ne yapalım?

Anneme ev işlerinde yardım edişim önce övgüyle karşılandı. Aferin dediler, ne akıllı çocuk bu. Tığla işlediğim örtü uzun zaman kaldı televizyonun üstünde. İlk tokadı o zaman yedim babamdan. Babam tokadın örtüyle ilgisi yokmuş gibi davrandı. Güya ben ona cevap vermişim de bilmem ne. Biliyordum, ilk işareti almıştı ama böyle bir şeyin gerçek olması ihtimalini düşünmek bile istemiyordu. Sonra bütün arkadaşlarımın kız olması ve beş taş oyunundaki dillere destan başarım ailemi ve herkesi rahatsız etmeye başlamıştı. Övünmek gibi olmasın ama hâlâ beş taş oynarım ve beni yenecek kimse de yoktur... Affedersiniz... Yani beni öldürmeseydiniz oynardım ve yenerdim demek istiyorum. Zaten beni yenemediğiniz için öldürdünüz ya, neyse...

Hayatımın liseyi bitirdiğim güne kadar olan bölümü, herkesin gözünün önündeki şeyi toplu olarak görmezden geldikleri bir dönem oldu. Hani Zeki Müren size göre hiçbir zaman eşcinsel olmadı ya, o hesap işte... Besbelli diğer erkek çocuklarına benzemiyordum. Diğer erkek çocuklarının hepsi birbirlerine benziyorlardı ama bu durum kimseyi rahatsız etmiyordu. Zaten hepiniz, herkes herkese benzesin istiyordunuz. Buna rağmen kızın biri lise birinci sınıfta bana bir aşk mektubu göndermişti. Hatıra defterinden yırtılmış pembe bir kağıttı, hatırlıyorum. Üstünde belli belirsiz çiçekler arasında fiyakalı bir kalp resmi vardı. "Gözlerimi senden alamıyorum. Bana gözlerimi geri ver" diye yazıyordu kağıtta. Kalbin içine kendi adının baş harfiyle benimkini yazmayı da unutmamıştı tabii. Güzel bir çocuktum. Kız beni beğenmişti. Galiba gözleri hep bende kaldı. Geri veremedim çünkü o günden sonra üç gün okula gitmedim. O kağıt beni derinden etkilemişti. Hayatımda ilk kez kendime sorular sormaya başlamıştım. Bu kız deli miydi? Ben bir kızla... nasıl yani? Evet adım Selahattin'di, evet Selahattin dedemin adıydı, evet güzel bir çocuktum, evet kızın gözleri bendeydi... Ama o mektubu aldığım gün belki de ruhum ilk kez bedenimden firar etmek istedi.

Sonra on sekiz yaşıma girdiğim bahar, bir çocuk sevdim. Bakkalın oğluydu. Hiç konuşmadık ama gözlerimiz öyle gevezeydi ki. Benim gözlerim de onda kaldı anlayacağınız. Hâlâ da ondadır. Vedat... Bana amcasının kızıyla evleneceğini söylediği gün ilk ve son kez elimi tuttu. "Üzülme" dedi. "Neden üzüleyim ki" dedim, "bir gün biz de bir kısmet bulacağız elbet" türünden saçma sapan laflar ettim. Çok ağladım sonra. Annem biliyordu her şeyi. Babamla kavga ettikleri günlerin birinde (aslında kavga etmedikleri gün yoktu) öfkeden deliye dönen annem babamın gözlerinin içine bakarak "sen adam olsaydın bu çocuk da bakkalın oğluyla..." dedi... Sözünü tamamlayamadı.

Beni ve annemi çok dövdünüz. Hepiniz babamın kılığına girmiştiniz. Hepiniz babama benziyordunuz ve bu benzerlik sizi hiç rahatsız etmiyordu.

Belki de en çok, karpuz kamyonunun kasasında o hayvanla yattığım gün sevindiniz ve kızdınız. Sevindiniz, çünkü kuşkularınız gerçek olmuştu. Siz zaten şüpheleniyordunuz. Böyle olacağı belliydi, biliyordunuz. Haklı çıkmış olmanın haklı gururunu tattığınız için sevindiniz... Ve kızdınız, çünkü adım Selahattin'di. Selahattin dedemin adıydı. Selahattin'ler kamyon kasalarında hayvanlarla yatmazlardı.

Sonrası malum hikaye. Evden kovuluş... Şehirde kendime benzeyenlerle, yani dedelerinin adını taşımak istemeyen arkadaşlarla birlikte sizin sahibi olduğunuz hayatın içinde, sizden gizlenebilecek bir yer arayışı... Ve ardından pis bir ameliyathanede bir kasap tarafından Selahattin'in hayatına son veriş. Meğer koca Selahattin ufacık bir et parçasıymış. Dedeciğim beni bağışla.

Ama Sinem öyle mi? Onun güzel bir yüreği vardı. Pamukladımıydı kavaklar, dans ederdi kiraz gelsin diye. Ama siz Selahattin'in babası, Selahattin'in annesi, Selahattin'in arkadaşı, Selahattin'in komşusu, Selahattin'in bakkalı, Selahattin'in ev sahibiydiniz... Sinem'i hiçbiriniz tanımak istemediniz. İğrendiniz ondan. Geriye bir tek Sinem'in Sinem gibi arkadaşları ve Sinem'in polisleri kaldı.

Ve en sonunda ben otobanda beni götürüp ormanda düzecek bir hayvanı beklerken arabanızla çarptınız. Önce telaşlandınız, çünkü bir insana çarptığınızı düşündünüz. İndiniz arabadan, baktınız ki yerde yatan bir Selahattin değil kalça kemikleri mini eteğini zora sokan bir Sinem'di. Rahatladınız... Ve hızla terkettiniz orayı...

Ödeşmiştik çünkü...

Ben sizin Selahattin'inizi öldürmüştüm. Siz de benim Sinem'imi öldürdünüz...

DOĞUM GÜNÜ 17 AĞUSTOS

Hayatınızı nasıl başlatıyorsunuz? Miladınız nedir? Doğum gününüz mü? Yoksa sevdiğiniz, uğruna öldüğünüz öldürdüğünüz adamın doğum günü mü? Bir yerin mesela İstanbul'un fethi midir miladınız? Belki de Malazgirt Savaşı? Atom bombasının atıldığı gün, herhangi bir savaşın başladığı ya da bittiği gün belki de? Komünist manifestonun yazıldığı an ya da bir peygamberin herhangi bir günü?

Hangisi?

Kendi doğumunuzu bu denli sıradan ve önemsiz kılan olay hangisidir? Kendi varoluşunuzu hangi doğuşun devamı sayıyorsunuz? Hangi tarihi şahsiyetin ikinci hayatının size sunulduğunu zannediyorsunuz?

Kimsiniz?

Bir siyasi akıma ya da dinsel bir temele dayanmayan, sadece sizle başlayıp sizle biten bir hayat yaşadığınıza inanmamanızı sağlayan çaresizlik üzerine düşündünüz mü hiç?

Böyle dertler hiçbirimizi ırgalamazken, sizin çilenizi harf harf çeken kimi yazarların delirmek üzere olduğunun farkına vardınız mı hiç? Oysa sadece yazarlar değil siz de delirmelisiniz çünkü sizin hayatınız da "a" ile başlayıp "z" ile bitiyor. Siz bazı harfleri çok abartıyorsunuz hepsi bu!

Alfabenizi yanlış harfle başlatıyorsunuz.

Delirmekten bu kadar çok korktuğunuz ve hayatın içinde hep tek sıra halinde yürümek zorunda kaldığınız için doğum gününüzü şaşırdınız ama tanrı şimdi hepimize ortak bir doğum günü armağan etti: 17 Ağustos!.. Artık hepimiz, üç tarafı denizlerle ve her tarafı fay hatlarıyla çevrili, bir tek çakıl taşını cümle alemden sakındığımız, altı çürük, üstü prefabrik, siyaseti dandik, sanatı televolelik bu cennet, bu cehennem vatanda sıfır yaşında bebeleriz. Yeni bir hayat kurmak zorundayız ve aklımız fena halde karışık. Sıfır yaşında bir bebek için fazla yaşlıyız ama bundan sonra yapacağımız tercihlerle gençleşmemiz mümkün.

Depremde ölen yakınlarımızı değil sadece, ölmesi gereken yanlarımızı da gömmeliyiz. Hiç kavga etmeden üstelik, insanları kendimize benzetmeye çalışmadan...

Şimdiye kadar okumamızı, yazmamızı engelleyen ve bir süngünün gölgesinde kurulan okuma yazma seferberliklerinde tanıştığımız alfabemizi değiştirmeliyiz. Artık okuma kitaplarımız "Türkün Türkten başka dostu yoktur" cümlesiyle başlamamalı. Altımız çürükse üstümüzü düzeltmeliyiz. Güzel Türkçemizdeki kimi sözcükleri de büyük harfle başlatmalıyız. Hangi cümlenin neresine yazılırsa yazılsın büyük harfle başlamalı, mesela Demokrasi, mesela Barış, İnsan, Sanat, Aşk, Onur, Umut, İstifa, hatta İntihar bile! Çünkü devlet kimi ölülerimizi resmi evrakta yeniden dirilttiği halde onbinlere varan ölü sayısı ortada dururken bir tek yetkilinin İstifa etmemesi akla zarar bir durum değil midir? Belki de bundan böyle seçimlerdeki bütün adaylara şunları sormalıyız:

"Benim için İntihar eder misin?"

"Bir gün günah işlediğinde farkına varacak ve onun bedelini bu dünyada ve bize ödeyecek misin?"

"Hayatının herhangi bir anında gerçekten ama gerçekten utandığın oldu mu?"

"Daha önce hiç, görünürde seni hiç ilgilendirmeyen bir acıyı içinde hissettiğin ve insan gibi ağladığın oldu mu?"

Düzeni yıkmak isteyenlerle korumak isteyenler çatışırken, düzeni yıkmak değilse de onarmak isteyenlerin ara dayağı yediği ve böyle biçimlenen ya da biçimsizleşen politik tarihimiz yerle bir oldu. Hem de kırk beş saniye içinde... Elbet enkaz altındaki bu politik çöpleri kurtarmak isteyenler çıkacaktır. Şimdiden çalışmalara başladılar bile...

Belki de tarihinde ilk kez sorgusuz, sualsiz, işaretsiz ve yalansız bir biçimde birleşen toplumu, kendi üzerine yıkılmış bir enkaz gibi algılayanların üstünden kalkmamalıyız!

Yıkılanı yeniden yaparken seçici davranmalıyız.

Alfabemizi değiştirmeliyiz. Büyük harfle başlaması

gereken özel isimleri özenle seçmeliyiz.

O deprem günü, tarihin sıfır noktasına gömüldü bütün milatlarınız!

Şimdi hepinizin alnında çıplak bir acının mührü gibi duran yeni bir sıfırınız var!

Hepiniz 17 Ağustos'ta doğdunuz!

Ve artık hepiniz 17 Ağustos hareketinin doğal üyelerisiniz!

Doğum gününüz kutlu olsun!

Demir somyanin altindan

Aslında ayrılığı severim. İnsancadır. "Arkasına bakmadan gitti" derler bir ayrılanın fiyakasını anlatmak için. "Geride bıraktıklarını ölesiye seviyor ve merak ediyordu ama gururu her şeyden daha önemliydi" anlamına gelir bu söz. Madem ki ayrılıyorsun, dönüp bakmayacaksın.

Biz ki Anadolu'nun her şeye her an ağlayabilen, diplomasi falan bilmeyen, geldiği yer ya da sahip olduğu mevki ne olursa olsun her daim beş yaşındaki bir kız çocuğu kadar başarılı küsebilen insanlarıyız. Biz sonları, biz ayrılığı iyi biliriz. İçimizden kaçı tüm yakınlarıyla aynı şehirde yaşıyor? Kaçımız dedemizin büyüdüğü sokakta gezdirebildik çocuğumuzu? Bir insandan, bir şehirden ayrılmak bizim için sıradan bir iştir. Nasırlı bir hasretle yaşarız. Bazılarımız giden bazılarımız kalan kısımdadır. Nereden baksan hüzün familyası...

Küskünlüğü de severim. Kırılgan işidir.

Çocukluğum annemden babamdan çok uzakta geçti. Özlemle tanışıklığım eskidir. Bu yüzden hep yazdım ve hâlâ yazmaktayım hasretimi. Çocukluğuma sinmiş bir hasret sözcüğü hiçbir zaman kalemimin peşini bırakmadı. Anadolu'nun bir köşesinde (doğduğum yer gerçekten Anadolu'nun tam köşesindedir), doğup çok uzak bir büyük şehirde büyüdüğüm için ve annemin yüzüne karşı şımarma fırsatını çok fazla bulamadığım için küsmeyi adet edindim sanırım. Olur olmaz nedenlerle küser, demir somyanın altına girerdim. Halının uzanamadığı köşeye, buz gibi betona uzanır, annemin babamın tüm çabalarına karşın çıkmazdım oradan. Durumumu daha acınası, direnişimi daha vurucu hale getirmek için soğuk betonun üstünde yatardım. Tam da yemek saatinde.

Şimdi ne zaman sevgisiz kalsam, ne zaman yalnızlığıma çare bir şımarıklık, beni şımartacak şefkatli bir kadın eline ihtiyaç duysam küsüyorum. Demir somyanın altına kaçıyorum yine. Sadece sobalı evde büyüyen çocukların bildiği bir beton soğukluğunu hissediyorum içimde.

Kendimi hayatla kavga edebilecek güçte hissettiğim zaman çıkıyorum somyanın altından ve mizah yapmaya başlıyorum. Benimle alay etmesinler diye onlardan önce kendimle alay ediyorum. Onlara söyleyecek söz bırakmamak için yazıyorum. Gülüyorlar. Kahkahalarının arkasına saklanıyorum bu kez. Küsmüyorum ama korkuyorum. O sıra onlar gülmekle meşgul oldukları için anlamıyorlar.

Ülkenin en sulugöz mizahçısı oluşum bundandır.

Nüfus cüzdanımdaki fotoğrafta hep bir palyaço kederi taşıyorum.

Bir süredir kendime saklanacak başka bir yer, bir isim bulmuştum. Demir somyanın altında ya da kahkahaların arkasında saklanışım yetmiyormuş gibi kendime yepyeni bir isim bulmuştum. Gürbüz Vural beni sakladı. Kendisine şükran borçluyum. Elbette karısına da. Belki özel hayatlarına fazlaca burnumu soktum ama yine de sevdim onları.

Neden böyle hüzünlü sözler akıyor zihnime bilmem. Ortada o kadar da acıklı bir durum yok. Evet yine de bir son, bir ayrılık söz konusu ama bu durum daha eğlenceli hale getirilebilir. Hüzünden vazgeçemiyorsan onu seveceksin. Hani depremi seven sismolog misali. Yılanları seven bir zoolog ya da...

Bu aslında bir teşekkür yazısı. Nasıl yazılacağı önceden bilinmeyen, edebiyat medebiyat sallamayan, ne anlattığını bile sonradan, yazdıktan sonra öğrenen bir yazı.

Başta Gürbüz Vural ve pek değerli eşi isimsiz hanımefendiye, hanımefendinin annesine, konuşmalarda adı geçen tüm yakınlarına, bu yazıları okuyan, okumayan, internette bu yazıları çoğaltıp başka insanlarla paylaşan, bana şu ya da bu kanalla mesaj gönderen tüm okurlara teşekkür ederim.

Evet kandırıldınız.

Hoş bir kandırmacaya kattım sizi. Umarım kızmazsınız. Unutmayın ki yazı işi zaten baştan sona bir kandırmacadır. Gürbüz Vural benim kadar gerçek ve benim kadar sanaldı. Tüm kananlara teşekkür ederim.

Bütün bu "Gürbüz Vural meselesi"ni demir somyanın altındaki çocuğun ilgi çekmek için yaptığı şımarıklık olarak da düşünebilirsiniz.

Ayrılığı ve küskünlüğü sevmek onlardan kurtulmanın tek yolu galiba.

"Gerçek kimliğim"e gelince!

Gerçek kimliğimi aslında bilmiyorum!

Ama adım Yılmaz. Yılmaz Erdoğan.

Bunu biliyorum.

ALINYAZISININ KEŞFİ

Akıllararası seyahatlerin birinde karşılaştığım ve hemencecik kaynaştığım bir konu oldu zaman içinde. Zaten bana, zamanın dışında herhangi bir aktivite yaptırabilecek bir teknolojik imkan da yoktu.

İnsanoğlunun evrim sürecinin devam ettiği kesindir. Ama her zaman maymundan bu yana olmayabilir. Ben nice adam gördüm kesinlikle öküzden gelmişti... Yani öküz gelmişti ve öküz gideceği kesindi. Zira maymun neticede sempatik bir hayvandır. Pek çok insanda o sempatiden eser yoktur.

İşin şakası baş köşeye, bu akıl yolunda karşıma çıkan konu insanın gen şifresinin çözülmesiyle ilgili...

Evet hiç bir tartışmaya yer bırakmayacak bir şekilde insanoğlu ALINYAZISI'nı buldu! Evet çözdük KADER kavramının gizemini!

Alın, bu yazının en okunaklı olduğu, nispeten düz bir alan diye ismi alınyazısı, yoksa bu KADER'in ta kendisi işte!

Yarının toplumunda bir çocuk, dünyaya gelmeden önce bilinecek hangi hastalıkları mesela kaç yaşında yaşayacağı? Cinsel tercihlerinin ne türde olacağını söyleyecekler bize? Evet hiçbir bilinçli ve bağımsız tercih sapkınlık ya da hastalık olamaz! Buna cinsellik de dahildir ve bu da her şey gibi genetik bir şeydir.

Çok uzak olmayan bir tarihte insanlar ceplerinde küçücük ve herhalde dijital (zaten o yüzden küçücük) "kimlik kartı" taşıyacaklar. Burada herkesin her şeyi en başta da gen haritası bulunacak. İnsanlar sevgililerine bu kimlik kartlarını gösterecekler ve bu yolla birbirlerini tümüyle tanımış olacaklar. Şimdi 2002 yılında taşıdıkları kimlik onlarla ilgili hiçbir "gerçek" bilgi vermiyor. Şimdiki kimliklerimiz devletin bize verdiği ve taşımamızın zorunlu olduğu bir belgedir ve öküzlerin götüne yapılan döğmelerden hem daha saçma, hem de zaman zaman daha acı vericidir. Çünkü bazen devlet onu sebepsiz yere geri alır. İşte o zaman çok acıtır. Devlet senin bu yurdun çocuğu olup olmaman konusunda söz sahibidir. Mesela bizim devletimize göre hâlâ Nazım Hikmet bu yurdun insanı değildir. Bu yasağı koyan insanların kendileri de dahil bu ülkede Nazım Hikmet'ten şu ya da bu şekilde etkilenmemiş ya da ilgilenmemiş bir Allah'ın kulu yokken üstelik! Hâlâ Nazım Hikmet'le ilgili herhangi bir "şey" birinci sayfa haberidir! Neden acaba? Başka hangi Rus vatandaşının bizim hayatımızda böyle bir garantisi vardır.

Bir insanın kendi yurdunu seçmesi konusunda hiçbir devletin hiçbir bireye söyleyecek bir sözü yoktur, olamaz da! Bir insan bir yurdu sevecekse kimseden izin almaz. Bir insan bir şeye aşık olurken kimseden izin almaz!

Ama benim ülkemde SEVGİ, çoğu zaman bir İZİNSİZ GÖSTERİ oldu.

Kimse kimseyi ya da hiçbir şeyi ulu orta sevdiğini bağırmasın.

Polis ve gösteri selahiyetleri kanununca yasaktır!

Ve böyle olunca sevgi gösterisi sırasında sevgiden herhangi bir eser kalmadı tabii. Sosyalizmi sevenler polis kordonu arasında ilk gelecek cop darbesinin yerini kestirmeye çalışırken çok SEVGİLİ bir grup oluşturamadılar. Allah'a başkalarından daha çok inandıklarını, daha iyi tanıdıklarını ve daha çok sevdiklerini göstermek için toplananlar bazen insanoğlunun görüp görebileceği en öfkeli kalabalıkları oluşturdular.

Ama benim insanlarım bir şeyi sevmekle, o şeyi sevmeyenlerden nefret etmenin aynı şey olduğunu zannettiler. Hayır böyle bir bağlantı yoktur mutlak akılda!

BİR "ŞEY"İ (Kİ BU ŞEY, BİR İNSAN DA OLABİLİR) SEVİYOR OLMAK BİR MARİFET DEĞİLDİR. MARİFET O ŞEYİ SEVMEYENİ DE SEVEBİLMEKTİR.

Alınyazısı ve gen şifresine geri dönüyorum buradan.

Evet tam tarih veremeyeceğim ama kısa bir süre sonra bazı evlenecek olan şahıslar yüce devletimizin saygın bir kurumuna -ismi de mesela SAĞLIKLI NESİLLER GENEL MÜDÜRLÜĞÜ olsun-, resmi başvuru yapacaklar. Oradaki yetkili ve uzman kişiler, iki kişinin gen şifrelerini bilgisayar ortamında olası bir biçimde birleştirip, doğacak çocuklarının neredeyse "kesin"e yakın bir gen şifresini çıkaracaklar ve diyecekler ki mesela:

YETKİLİ: Bakın efendim, evlenirseniz ilk çocuğunuzun özellikleri şunlar olacak... kesinlikle şeker hastası olacak! Asabi bir yapısı olacak! Eşcinsel olma yüzdesi neredeyse yüzde seksen! Olası çocuğunuzda şiddet genleri çok fazla... Katil de olabilir ilerde, vs. İşte tüm bunlar yüzünden isterseniz bu evlenme ve varsa çocuk yapma planınızı yeniden düşünün.

(Bu öyküden romantik bir bilimkurgu filmi kurulabilir... düşünelim.)

Evet biz alınyazısını, kaderi keşfettik. Evet böyle bir şey varmış. Evet nasıl bir hayat yaşayacağımız (teknik olarak, kendi "beyinsel tercih yapma" kabiliyetimizle yapacağımız olası değişiklikler hariç tabii), alnımızda da vücudumuzun her yerinde de yazıyormuş! Bunu zaten peygamberler bize müjdelemişti. Şu da açık ki alnında bir gen şifresi yazıyor diye yan gelip yatmak ve "inanç" meselesini de etrafa "bakın ben ne kadar inanıyorum" diye caka satarak geçirmek aptallıktan başka bir şey değildir. Ama işin acıklı tarafı bazı insanların alnında, yani gen şifrelerinde APTAL yazmaktadır.

Aslında KADER'in icadı bir yönüyle İKİNCİ HAYAT meselesini de açıklıyor. Bizden sonra başka bir hayat yaşamak için de dünyaya gelecek miyiz? Evet! Bilim bunu ispatladı! Ama durun, hemen size yeni bir hayat müjdelemişim gibi heyecanlanmayın. Aslında yaptığım budur. Yeni bir hayatın müjdesini veriyorum ama zaten o müjde ya da mucize çoğunuzun evinde var. Bu ÇOCUKLARINIZ'dır... Çocuklarınızın taşıdığı, yani sizin ve karşı cinsten olan eşinizin genlerinin bir karışımı olan gen haritasında sizden pek çok şey vardır. Hem fiziksel hem de RUHSAL yönleriniz o haritaya katkı sağlamıştır. Evet öldükten sonra yaşarsınız ÇOCUKLARINIZIN bedeninde.

İnsanoğlu evrimi, kötü genlerle iyi genlerin savaşı şeklinde geçiyor.

Ve kurtuluş günü İYİLERİN kesin zaferi kazandığı gündür.

Filozoflar her dönemde insanlara kendilerince "doğru" fikirler söylemişlerdir. Ve birbiriyle gırtlak gırtlağa kavga eden (belki kimi kişisel sürtüşmeler dışında), birbirini öldürmek için evine, arabasına bomba koyan, kendi üzerine bomba döşeyip kendini hiç tanımadığı kalabalıkların ortasına atan, ya da bir uçağı kaçırıp on bin kişinin içinde bulunduğu bir binayı kendisiyle birlikte yok etmek için kullanan FİLOZOF ya da PEYGAMBER yoktur!

Belki bazı filozoflar uygulandığında şiddeti zorunlu kılacak şeyler söylemiş olabilirler. Ama bunların büyük bölümü tümüyle bir yanlış anlama sonucudur. Yani "egemen sınıfları ortadan kaldırmalıyız" diyen bir filozof, olsa olsa, insanlar arasında herhangi bir sınıfın o topluma "egemen" olmasına izin verilmemelidir, buna yol açacak yönetim biçimlerinden uzak durulmalıdır, demek istiyor olabilir. Aksi takdirde o bir filozof olmaz. O eğer direkt ve katıksız bir şiddeti tavsiye ediyorsa bir düşünür kimliğiyle, affedilmez bir meslek suçu işliyor demektir. Ve herkes bilir ki herhangi bir mesleğe ihanet edersen seni o meslekten alıkoyarlar... Hipokrat yeminini çiğneyen birine uygar bir toplum bir daha doktorluk yaptırmaz.

İnsanlar çok uzun süredir hep bir KURTULUŞ GÜNÜ kavramının peşindedirler. Çünkü hepsi, bir şeyden ya da birilerinden kurtulmak istemektedirler ve nerdeyse imkansız görünen böyle bir kurtuluş da MUCİZELERE bağlanmıştır. İnsanlar götlerinden mucize uydurmaktan vazgeçtikleri gün gözlerinin önündeki binlerce mucizeyi görecekler.

Bir canlının bir başka canlıyı DOĞURMASINDAN daha büyük ve şaşkınlık yaratacak mucize olabilir mi?

Ama insanoğlu herhangi bir probleme şimdiki zekasıyla çözüm bulamayınca "aklının ermeyeceği" hikayeler uyduruyor.

— Peki nasıl olmuş bu?

— İşte orasına bizim aklımız ermez.

Çağımızda bilgisizlik ya da yetersizlik, bazı "karmaşık" konuların açıklanmasında etkin rol oynamaktadır.

Bir soruyu cevaplayamamak bir cevap olamaz.

İşte elimizde, gözümüzün önünde, her türlü bilimsel yöntemle kanıtlanabilecek bir icat var! Evet doğruymuş! Kadere iman etmeliymişiz gerçekten!

Allah ve O'nun elçisi, bize bunu ilettiğinde bir kısmımız hiç anlamamıştı, geri kalanımız da yanlış anlamıştı. Meğer gen şifresiymiş!

Yeryüzündeki hiçbir insanın şifresi diğerine benzemiyor. Çünkü hepsi başka özel karışımların sonucu. Hatta kardeşlerinki bile birbirine tıpatıp benzemiyor. Çünkü zaten baştan benzersiz bir yumurtayı benzersiz bir sperm döllüyor!

İşte Allah emsalsiz kullarını böyle yaratıyor.

Bunu yaparken de tüm canlıları kullanıyor...

Allah, yaratırken bizi kullanıyor.

— Niye koskoca kainatta birbirinin aynısı iki insan yok?

— Çok basit. Çünkü herkesin gen haritası ve şifresi kendine özel.

İnsanlar bu gen şifresine fit olurlarsa işte bu "kaderine razı olmak"tır. Senin gen şifren doğuştan müziğe yatkın olabilir ama sen bu konuda hayvan gibi çalışmazsan senden hiçbir şey olmaz! Kadere iman etmek demek böyle bir gen haritasının varlığına inanmak ve hatta işte şimdi yaptığımız gibi bu şifreyi çözmektir!

Çok yetenekli bombalar yaparken fazla vakit kaybettik dostlarım.

Eğer bir dünyada askeri hava teknolojisi sivillerinkinin önündeyse O, dünya Kurtuluş gününü hep ileri bir tarihe erteliyor demektir.

Bize cennette bulunduğu söylenen HER ŞEYİN hammaddesi dünyadadır. Dünyada olmayan hiçbir güzellik vaat edilmiyor bize Cennet adı altında.

Dünya zaten halihazırda bazı fani kullar için cennettir. Asıl mesele bir gün herkes için cennet olup olmayacağıdır. Bir gün olabilir. Herkes GEN ZİNCİRİNE layıkıyla katkıda bulunursa, ki bunun yolu baba ya da anne olmadan önce mümkünse "kötü" genlerden kurtulmaktır. Yani daha "iyi" bir insan olmaya çalışmaktır.

Bu, açık bir şekilde cennetin bu dünyada olduğunun ispatıdır.

Kurtuluş gününde siz de torununuzun torununun torununun gen haritasının bir köşesinde şu ya da bu ölçüde (ki bu ölçü tamamen sizin hayatı bizzat yaşarkenki performansınıza bağlıdır) bir şekilde bulunacaksınız. Günümüzde de dedesinin adıyla anılan çocuklar vardır. Mesela pek çok ünlü sanatçının sonsuza kadar adının yaşaması demek, onun hâlâ aramızda bir biçimde yaşadığı anlamına gelir. Dehalar için kullanılan ÖLÜMSÜZ tabiri şairane bir tanım değil bilimsel açıdan da BİR GERÇEKTİR! Olağanüstü genleri olan insanlar uzun yaşarlar! Bu yüzden Mozart'ın yedi sülalesi Mozart sayesinde çok özel hayatlar yaşamışlardır ve yaşayacaklardır.

Bugünü yaşayan insanların hep gelecek nesillerle ilgili kaygı taşımasının başka türlü açıklamasını yapmak zordur.

İyi bir çocuk BABANIN DA ANNENİN DE ömrünü uzatır! Yazık ki kötü bir çocuk da öyledir... Ama bir tek farkla uzun ve mutsuz bir hayat olur bu. "İyi çocuk", iyi genlerin haritanın çoğunluğunu teşkil ettiği çocuktur herhalde. Demek ki "iyi çocuk" yapabilmek için o bünyeye mümkün olduğu kadar "iyi" genleri devretmek gerekir. Devraldığımızdan daha az şiddet, devraldığımızdan daha çok sevgi geni verelim çocuklarımıza.

İnsan yaşadığı hayatı kaderine razı olarak geçirmemişse; bir çocuk ürettiği güne dek, doğduğu zamandan çok daha iyi duruma getirmiştir kendi gen haritasını. Dolayısıyla da çocuk daha iyi ve güzel olur.

Bu söylediğim kimi faşist teorileri çağrıştırıyor olabilir.

Faşizm bu anlattığımı (gen zincirini) birileri kendi istedikleri gibi "kurgulamaya" kalkarsa başlar! Bu risk de zaten her bilimsel gelişme ya da atılım için geçerlidir.

Gen şifrenize fit olmayın.

Onu değiştirin!

Beynimizi geliştirdikçe kaderimiz de değişir. İnsan beynini ve yüreğini iyi kullanırsa bünyesindeki şiddet genlerini etkisiz hale getirebilir. İşte zaten EVRİM teorisi bundan ibarettir.

Evet biz bir zamanlar hayvandık. Bazılarımız hâlâ öyle. Ama çok şükür değiştirme ve değişebilme yeteneğimiz de saklı gen şifremizin içinde!

İnsanın genlerindeki şiddet "vahşi" dediğimiz bir hayvanın bünyesindekinden daha korkunç sonuçlar doğurmaktadır. Aslında buradan bakınca hayvandan gelme tezi tartışmalı oluyor. Hayvana gitme tezi ortaya çıkıyor.

Vahşi hayvanlar sadece beslenmek için başka canlıları öldürürler. Benim de önerim bu. Bir vahşi hayvan kadar insan olalım yeter. Sadece beslenmek için öldürelim balıkları, büyük ve küçük baş hayvanları. Maalesef şu anda buna fit olacak durumdayım. Bir gün insanoğlu beslenme alışkanlığını değiştirip bu hayvan kıyımına da bir son verebilir umudunu da taşıyorum.

Çünkü Tanrı, hepimizin bir parçasını teşkil ettiği MUTLAK AKIL bize bunu emrediyor! Tanrı bize OKU diyor ya, aslında DEĞİŞ diyor! ALLAHIN ADIYLA DEĞİŞ! İYİYE GÜZELE DOĞRU DEĞİŞ!

Bütün kutsal kitaplardan çıkan ortak sonuç Tanrının bizim genel durumumuzu beğenmediği ve değişmemiz gerektiği. O zaman bu emri yerine getirelim.

Evet Allah'ın sevgili kulları olan saygıdeğer pek çok bilim adamının çalışmaları sonucu KADERİMİZİ keşfettik.

ŞİMDİ SIRA ONU DEĞİŞTİRMEKTE!..

Ağustos 2002 Çeşme

DEVRİMLER, KARŞI DEVRİMLER, İSYANLAR ÜZERİNE İÇİNDE GERÇEK PAYI BULUNAN ŞAKALAMALAR!

Mao'nun dediği gibi "Yol her zaman beklediğinizden uzun sürer." Mao'nun bu sözü uzun yürüyüş sırasında dönmek isteyen bir grup köylüyü ikna etmek için söylediği biliniyor. Bu olayda dört köylünün "yahu bu yol da amma uzadı" dedikleri sırada, geri kalan sekiz bin köylünün ise Mao'yla yapılacak toplantı başlamadan hemen önce öldürüldüğü sanılıyor.

Ancak sosyalist devrimler tarihinde Voytung (Çincede Daha fazla Yürümek İstemeyenler anlamında kullanılan bir deyim) adıyla anılan bu olay, tarihçi Huan Zey Şang tarafından şöyle anlatılıyor (bu arada Şang'ın Mao'ya kültür devrimi fikrini ilk aşılayan kişi olduğu birçok kaynakta yazılıdır... İşiniz yoksa bakınız Çin'in kırsal kesimindeki bir çok sapa kütüphanedeki eski püskü kitaplar bölümü):

"Büyük önder köylülerin karşısında, bir büyük önderin nasıl durması gerekiyorsa öyle durdu. Bu duruşu evinde ayna karşısında yıllarca çalışmıştı. Başı dik, gömleklerinin tüm düğmeleri boyna kadar kapalı, gözler çekik ve saçlar ıslak görünüm verecek bir maddeyle geriye doğru taranmış ve eller arkadan bağlanarak karizmatik duruş tamamlanmış... Ve ancak çok yaklaşıldığında duyulabilecek bir tonda konuşmasına başladı:

— Demek dönmek istiyorsunuz?

Bütün köylüler hep bir ağızdan:

— Hö?.. dediler. Önderi duymamışlardı. Mao boğazını mikrofonda hiç de hoş durmayan bir ses çıkararak temizledi. Bir büyük önder boğazındaki balgamı nasıl yutuyorsa aynen öyle yutkundu ve gür bir sesle konuştu:

— Demek aramızda daha fazla yürümek istemeyenler var. Demek ki aramızda bu davanın daha ilk adımında mücadeleye zarar vermek için, eklem yerlerinde hissettiği küçük burjuva bir yorgunluğu sınıf kavgasının önüne koymak isteyenler var...

Bu sırada köylülerin ve özellikle araya karışmış aydınların büyük bölümü çoktan kurşuna dizilmişlerdi. Ve onların hayattaki en büyük kayıpları Büyük Önderin konuşmasının tamamını dinleyememiş olmalarıdır. Çünkü Başkan Mao bu tarihi konuşmasını şu ünlü cümleyle bitirdi:

— Arkadaşlar unutmayınız ki, yol her zaman beklediğinizden uzun sürer!

Bu cümle aynı saniye içinde bir alkış tufanı kopmasına neden oldu. Önderini alkışlayan kalabalık arasındaki Çinlilerin gözleri, coşkuyla güldüklerinden olacak tam bir çizgi halini almıştı. Hiçbir Çinli hiçbir zaman bu kadar çekik gözlü olmamıştı."

Evet Tarihçi Huan Zey Şang olayı böylesine şiirsel bir dille anlatıyor. Bu arada Şang, kültür devrimi sırasında öldürülen aydınlardan birisidir. Zira bir toplantıda Mao'nun sözünü kestiği ve kestiği parçayı kaybettiği söyleniyor.

Biliniyor ki büyük kalkışmaların hemen tamamı uzun bir yürüyüşle başlamıştır. Gandi, tuz için yürümüştür ve susuzluktan hakikaten büyük sıkıntı çekmiştir. Mao, uzun bir yürüyüşe çıkmış ve o sırada kültürle ilgili ne varsa ortadan kaldırmayı kararlaştırmıştır. Fidel Kastro, bugün bile her pazar Havana sahillerinde yürüyüş yapmaktadır. Bir tek Lenin yürümemiştir ama ondan sonra iktidarı eline geçiren Stalin, almış yürümüştür.

Demek ki aşağı yukarı her devrim bir yürüyüşle başlamış ya da bitmiştir. (Bakınız, Çavuşeskuların idam mangasının önündeki ağır tempolu yürüyüşleri.) Ancak bu yürüyüşlerde oluşan konvoyun arka sıralarında yer almak durumunda kalan birçok insanın niçin yüründüğünü bilmedikleri ortaya çıkmıştır.

Birçoğunun "nereye gidiyor lan bu kalabalık, ben de takılayım bari" cümlesinden daha derin bir teorik donanıma sahip olmadıkları bir gerçektir.

Örneğin Gandi'nin dört bin sıra gerisinden yürüyen iki Hintlinin arasında geçen şu konuşma bu gerçeği vurgulamaktadır:

— Şşşt birader nereye gidiyoruz.

— Vallahi tuza diyorlar ama tam bilmiyorum.

— Ne tuzu ya?

— Kaya tuzu herhalde.

— Yani kaya tuzu için mi ben yirmi dört gündür yürüyorum ve ayakkabımın çivisi on iki gündür ayağımdaki deliğe girip girip çıkıyor? Ben dönüyorum kardeşim.

Bu nedenle bir devrim yürüyüşüne katılacakların mümkün mertebe öncüler arasına katılıp sıranın önünde bir yer bulmaları gerekmektedir. Öte yandan diyelim ki Gandi'ye yakın saflarda yürüyenlerin arkadakilere nazaran daha fazla yaşama şansı olmaktadır. Çünkü onlar önderin yakın adamları sanılacakları için öldürülmelerinin gereğinden fazla tepki doğuracağı düşünülür.

Öncüler daha cesur takılırlar ama öldürülme olasılıkları en az olanlardır.

— Devrimler ve toplu kalkışmalarla ilgili bir başka özellik Fransız ihtilalinde göze çarpmaktadır. Bilindiği gibi Fransız ihtilalinin öncüleri küçük burjuvalardır ve köylüler tarafından tufaya getirilmişlerdir... Fransız ihtilaline Fransa dışından katılınmasına Fransızlar izin vermemişlerdir, oysa İspanya İç Savaşında durum bunun tam tersidir. Birçok komşu veya komşu olmayan ülkeden devrimciler serbestçe bu iç savaşa katılabilmişlerdir. Başlangıçta dil konusunda kimi çıkıntılar yaşayan bu turist statüsündeki devrimciler için pratik sözlükler bile hazırlanmıştır. "Teslim ol" "Silahımı geri ver" veya "Bu tuvaleti kim bombaladı kardeşim, nereye işeyeceğiz?" gibi günlük hayatta çok kullanacakları cümleler daha havaalanındayken kendilerine öğretilmiştir.

Bu iki kalkışma arasındaki temel ayırt edici, milliyetçilik faktörüdür. Fransız devriminin milliyetçilik fikrini dünyaya aşılamış olmasıyla, Fransızların kendi devrimlerine hiçbir yabancının katılmasına izin vermemeleri birbirinden ayrı düşünülemeyecek iki olgudur. Oysa İspanyollar kendi aralarındaki savaşa başkalarının da katılmasına izin vererek enternasyonalizm düşüncesine büyük katkı yapmışlardır.

Dünyadaki tüm devrimcilerin ortak yanı önce kavga çıkarıp ardından sürekli barış istemeye başlamalarıdır. Barış için savaş kavramının en çelişkili aşaması savaşın başlatıldığı andır. Çünkü ilk kurşun sıkılmadan önce o ülkede adı konmuş bir savaş henüz yoktur. Ama bir kutsal kitapta yazılması gerektiği gibi: Çünkü barış sözcüğü savaş'ın kaburga kemiğinden yaratılmıştır.

Bütün savaşlar barış için yapılmaktadır. Oysa sağlıklı bir barış için yapılması gereken tek şey savaşmamaktır.

"Teröristle pazarlık yapılmaz" cümlesi terörizm olgusundan çok daha eskidir. Ne ilginçtir ki en çok da serbest pazar ekonomisinin uygulandığı ülkelerde teröristle pazarlık yapılmaz. Tabii teröristle, terörist olarak algılandığı dönemde pazarlık yapılmaz. Nitekim yıllarca terörün başı olarak adlandırılan Yaser Arafat, bir süre sonra bütün pazarlık masalarının aranan siması haline gelmiştir. Yani Arafat, ki dudakları şu anda da gözümün önündedir, daha önce kaçırdığı uçağa sonradan yetişmiştir!

Adına isyan, devrim ya da kalkışma, ne derseniz deyiniz, hepsinde sinirli ve stresli bir kalabalık vardır. Herkes sürekli bağırdığı için hiçbir şey anlaşılmaz. Dolayısıyla bir anlaşma ortamı kendiliğinden ortadan kalkmıştır. Örneğin Alman Komünist partisinin mitinglerine katılımın çok az olmasının nedeni bu gürültü sorunudur. Alman işçiler doğal olarak hep bir ağızdan Almanca bağırdıkları için çekilmez bir koro oluşmuştur. Bütün dünya halkları şunu bilirler ki Almanca yüksek sesle konuşulacak bir dil değildir, insanı duyma yetisinden soğutacak kadar iticidir... Sırf bu yüzden ilk komünist partisi Almanya'da kurulduğu ve Karl Marks bir Alman olduğu halde Almanya'da asla devrim olmamıştır. Öte yandan Rusçada sadece bağırıldığı zaman bir dilmiş gibi durduğu için Ekim Devrimi yapılabilmiştir.

Ekim devrimi hangi ayda yapılmıştır sorusu bir embesil için bile kolayca yanıt üretilebilecek bir sorudur: Ekim ayında! Evet ama asıl sorulması gereken soru neden ekim ayı olduğudur. Sebebi aslında açıktır. Ekim ayı Rusya'nın son şansıdır zira kasım dedin mi kar başlar. Bir devrim için en uygun hava koşulu ne çok sıcak ne de çok soğuk bir havadır. Hatta belki biraz serince bir hava tercih edilebilir zira asilerin gevşemesini önleyecek, onları diri tutacak soğukça bir esintinin mücadeleye katkısı vardır.

Bütün isyanların bir diğer ortak özelliği ise mazlumların zalimlerin keyfini kaçırmak için ellerinden geleni yapmalarıdır. Fransız ihtilalinde henüz jakuzinin icat edilmemiş olması keyfiyeti ortada dururken ve kraliçenin birkaç köylüyü seçip törenle pasta yedirme yollu çare arayışları sürerken, köylülerin kapıyı kırıp içeri girmeleri aristokratların keyfini kaçırmıştır. Hele iri kıyım bir köylünün, Kont Dö Bilyaneu'nün perukasını kafasından sökerken sağ elini kullanması bardağı taşıran son damla olmuştur. Asiller bu ihtilalden hiçbir zaman hoşlanmamışlardır. Zaten hiçbir asil hiçbir gürültülü kalabalıktan hoşlanmaz.

Mesela Rus Çarı, ki başka hiçbir ülkenin Çarı yoktur, kesinlikle ekim devrimine karşı çıkmış, büyük tepki alınca hiç olmazsa devrimi bir sonraki yılın ekimine ertelemek için elinden geleni yapmıştır. Zaten ülkeyi terkederken Rus Çariçesinin, ki başka hiçbir ülkede Çariçe de yoktur, hayatında ilk ve çok şükür ki son kez bir başkasının görebileceği şekilde tükürmesinin nedeni bu hoşnutsuzluktur.

Mazlumlar zalimleri komik duruma düşürmek isterler. Çünkü kendi onurlarını tedavi etmenin tek yolu budur. Mazlumlar hiçbir zaman hiçbir konuda zarif olmamışlardır. İntikam sözcüğü mazlumlar için yapılmıştır. Asiller düello yaparlar.

Köylüler haklı, asiller ise güzeldirler.

Ezilenlerle ezenler arasındaki en büyük fark, ezilenlerin daha çok akraba evliliği yapmış olmalarıdır. Firavunlar arasında yapılan kardeş evliliklerini bir yana bırakırsak tabii.

Ezilenler haklı, ezenler zekidir.

Bir devrimde iki tarafın da en tahammül edemediği suç İhanettir. Yani bir savaşta en ağır işi hainler yaparlar. Çünkü bir kısmı vatana bir kısmı da davaya ihanet ederler. Hangisinin daha meşakkatli olduğu konusunda değişik görüşler vardır. Bir görüşe göre vatana ihanet daha riskli ama daha avantajlıdır. Çünkü vatan hainlerini de seven bir grup bulunabilir. Oysa davaya ihanet eden zaten daha önce vatana da ihanet etmiştir. Onları kimse sevmez.

Vatana ihanet edenler bir kere, davaya ihanet edenler iki kere öldürülürler.

Oportünizm, karşı tarafı da dinleyelim canım ne var yani, duygusunun paçayı kurtarmak amacıyla kullanılmasıdır. Radikal isimli bir gazeteyi oportünistlerin çıkardığı ülkelerde, bu sözcük çok daha değişik bir anlam kazanır. Çünkü bu tip bir ülkede siyasi akımlar o kadar sağa kaymışlardır ki, sağda oturacak yer kalmamışken soldaki birkaç sıra tümüyle boştur.

Solcular gazete alır, sağcılar ise gazete çıkarırlar.

Toparlayacak olursak bütün toplumlar, toplandıklarının yüz misli bir hızla bölündükleri için dünya tarihi devrimler, karşı devrimler, ihtilaller, darbeler ve isyanlarla doludur. Bütün bunları özetleyecek anektod Fransa'da bir boks maçını izleyen saf bir vatandaşın yanındakiyle yaptığı şu konuşmada gizlidir:

— Bakar mısın? Bunların ikisi de Fransız değil mi?

— Evet.

— Peki niçin kavga ediyorlar o zaman?

Artık Seninle Duramam...

Bu vapur hangi karşıdan hangi karşıya gider diye düşünüyordum. Hakkari'den Ankara'ya taşınmış, oradan da İstanbul'a savrulan zihnime sığmıyordu bu "karşı" lafı. İstanbul'da kim kime niçin karşı konusu bir tarafa, coğrafi olarak herkesin karşı kıyıya "karşı" dediği (savaşlarda iki tarafın da birbirine düşman demesi gibi) bu şehrin rutubetiyle ilk tanışma anını yaşadığım için hangi karşıdan hangi karşıya gittiğimi bilmiyordum. Az önce merdivenlerini, dublajı kaymış bir Yeşilçam filminin, yirmi dakika sonra meşhur bir türkücü olacak başrol oyuncusu gibi indiğim Haydarpaşa, beni martıların arkadaşı bir vapura teslim etti, bindokuzyüz seksenbeş yılının yazdan kalma alacaklı, nefis güneşli bir gününde.

Az önceki arabesk filmi bitirmiş, şahane bir romanın içindeydim artık... "Merhaba İstanbul" dedim romanın karizmatik kahramanının ağzından. Ve dilimin kayganlığına nicedir yuva yapmış bir şarkıyı mırıldanıyordum:

"Ağlama bebek ağlama sen de,
acı sende hasret sende... Yağmur gibi..."

Allah allah, bu çiseleyen yağmurun az önce her şeye egemen olan güneşten haberi yok mu? Demek bu şehir için geyik muhabbeti köşelerine dekor olmuş "havasına, parasına, karısına güvenme..." lafı boşa söylenmemiş.

Vapur, dünyayı kurtarmak için sadece on saniyesi kalmışçasına aceleyle, yanaşmasını tamamlamadan kendini betona atan yüzlerce insanı indirirken beni içeride unuttu. Ben son durakta ineceğini iyice bellemiş, başka alternatif düşünmeyen saf yolcusu vapurun. Tenha bir şekilde indim, dünyayı kurtarmak bana düşmez diye düşünüyordum. Adres Osmanlı Divanı gibiydi: Sancaktar Hayrettin Paşa mahallesi, Müşir Süleyman Paşa sokak, Koca Mustafa Paşa! Paşa paşa bindim, numarasını önceden ezberimin en itinalı köşesine yazdığım belediye otobüsüne...

"Yağmur gibi gözlerinden akan yaş niye...
Bu suskunluk bu durgunluk yılgınlık..."

— Affedersiniz Samatya durağı burası mı? Teşekkür ederim.

Bir öğrenci evinin en derin uykulu saatinde çaldım dairenin zilini. Dört kere basıldığında ancak bir kez ses çıkaran zil bana Mahmut'u getirdi. (Daha doğrusu Mahmut'un uyanmış bölümünü ki bünyesinin pek azını kaplıyordu.)

— Affedersiniz acaba Muhsin var mı?

— Var kardeşim var yenisine lüzum yok almıyoruz...

— Yok ben kendisinin hemşehrisiyim de. Beni İstanbul'da yuva sahibi yapacağını söylemişti. Zira benim kalacak başka bir yerim yok da...

— Ha sen Yılmaz mısın? Komikmişsin sen öyle mi?

— Evet ama sen şimdi böyle söyledin diye sana espirili bir cevap verecek kadar yırtık değilim. Bu yüzden ilerde şiir de yazmayı düşünüyorum.

— İyi... Hoş geldin.

— İyi... Hoş bulduk...

İşte İstanbul'da ilk girdiğim kapı buydu, bindokuzyüzseksenbeş yılının güneşine güvenilmez bir eylül günü...

"Dışarda mevsim baharmış, gezip dolaşanlar varmış,
günler su gibi akarmış, geçmiyor günler geçmiyor..."

Kaçmak istiyordum hemen Ankara'ya, bana o sıra yatay görünen şimdi anlıyorum ki fazlasıyla dikey bir geçiş yapmak istiyordum İTÜ İnşaat'tan Ankara'daki herhangi bir inşaata... Ama öğrenci derneğinin kuruluşuna bizzat katılmıştım ve diğer devrimci arkadaşlara karşı bir sorumluluğum, özerk demokratik üniversite mücadelesinde de bir görevim vardı... Bütün bunların dışında gamzelerine yuva yapmak istediğim ama bir türlü sığamadığım bir de sevgilim... İlk sevişme için sabahın yedisinde okulda buluşup Koca Mustafapaşa'ya iki otobüs değiştirerek geldiğim. Ve seksten bu kadar uzak, aşka bu kadar yakın bir sevişmeyi ilk ve son kez yaşadığım.

"Maviye maviye çalar gözlerin...
İtten aç yılandan çıplak gelip durmuşsam kapına..."

Seni seviyorum. Seni İstanbul'u sever gibi seviyorum. Artık İstanbul'u seni sever gibi seviyorum.

"Dostum dostum güzel dostum,
bu ne beter çizgidir bu, bu ne çıldırtan denge...
Yaprak döker bir yanımız, bir yanımız bahar bahçe..."

Çok komik kafe çay ve briç seanslarından geçtim sonra. Bizim kafeye takılan öğrenci aleminde hafif yollu bir şöhretimiz de oldu hani, çok komik kürt çocuk başlığı altında. Ve "sen niye yazmıyorsun?" sorusuyla sevgili Belmacığımın ağzından çıktığı sıra karşılaşmış, o sıra Belma'yı tanrının bir elçisi, soruyu da bir tanrı buyruğu saymışım: YAZ!
Ve o gün yaşamayı erteleyip yazmaya başladım.

"...Acı çekmek özgürlükse özgürdük ikimiz de...
O yuvasız çalı kuşu bense kafeste kanarya..."

Arkadaşlar olmasa kimse hiçbir konuda kendini teşvik edecek insan bulamaz. Senden diyorlar tiyatrocu da olur ha, komik adamsın kardeşim. Bu gazla başlamışım tiyatroya, başlayabilmek için önce insana işkence yapmak için icat edilmiş sınavlarda Rezil ile Rüsva'yı oynamaya. Sahnede tek başınayım ama iki boktan rolü aynı anda oynuyorum. Anladım ki sınav sevmiyorum. O zaman jüri müessesesini de sevmemiştim... Sonra hepsini tanıma fırsatı buldum, beni seçmeyen jüri üyelerini ve hepsini sevdim... Yani jüri üyelerini tanıdıkça anladım neden güzel insanların jüri olmaması gerektiğini. Kim birçok insanın hayallerini çöpe atmak ister ki? Çünkü bütün sınavların sonunda mutsuzların sayısı mutlulardan çok daha fazladır.

"Beni burada arama anne... Kapıda adımı sorma...
Saçlarına yıldız düşmüş koparma anne ağlama..."

Muhsin (Kızılkaya), Vedat Günyol'u, yani ak saçlarının ışığıyla önüne kim gelse on saniye içinde aydınlatabilen o büyük adamı tanımasa, Vedat Günyol da Ferhan Şensoy'un ustası olmasa, ya tiyatroya girecek başka bir baca bulacaktık ya da hiç bulamayacaktık.

"Kaç zamandır yüzüm traşlı...
saçlarına yıldız düşmüş koparma anne ağlama..."

Amatör yıllardan, para mecburiyeti zeminlerine doğru kaydım sonra.

"An gelir şimşek çakar masmavi heybetiyle siyaset
meydanını... Ve direkler çatırdar yalnızlıktan...
An gelir Attila İlhan ölür..."

Başka ağızlar söylesin diye şakalar yazdım durmadan. Bazen tutuyor bazen tutmuyordu ağızlar... Benim ağzımda şaka olan başkasının ağzında hiç şaka gibi durmuyordu bazen. Zaten bu yüzden kendi şarkımı kendim söylemem gerektiğine karar verdim. Onlardan öğrendiklerimi yanıma alarak ayrıldım onlardan. Öğrendiklerimin çoğu Levent Kırca'ya aitti. Yani en çok Levent Kırca'dan öğrendim ve en çok da O'ndan ayrıldım.

"Yağmur yağsın isterdim bu sabah...
Merhaba soylu sevdam merhaba..."

Ve bir hüzünbaz sevişmeler dönemi başladı. Bu bahsin detayına girmeye lüzum yok, ayrıca kitabını yazdım zaten.

"O mahur beste çalar Müjgan'la ben ağlaşırız...
Güneşten ışık yontarlardı sert adamlardı...
O mahur beste çalar..."

Ayrı yollarda yürüdüğümüz yıllarda bile yol arkadaşımmış meğer dediğim hem büyük hem küçük kardeşim, adının önüne sıfat bulamadığım Necati Akpınar'la bir kolumuzu tefeciye vererek kurduk Beşiktaş Kültür Merkezi'ni.

"Ağladıkça... Ağladıkça... güneşi tutacağız göreceksin...
İlk yazda bitti telaşım... Bahardan mı yoksa aşktan mı...
Ağladıkça... dağlarımız yeşerecek göreceksin..."

Sonra geldiler... geldiler... ve çok şükür ki hâlâ gelmekteler. Hiçbir istatistiksel bilgiyle genel durumu anlaşılamayan sevgili seyirciler...

"... martılar ağlardı çöplüklerde...
biz seninle sarılırdık... şehirlere bombalar yağardı
her gece biz durmadan savaşırdık..."

Ve bünyemden bir başka bünye yarattım ve kimilerine göre bünyenin o küçük parçası bütün bünyeyi temsil etmektedir: *Mükremin Çıtır* ki kendisi aynı anda "Neydi lan o lavuğun adı... suyun debisiyle alakalı bir ismi vardı... hah! Coşkun" esprisinin, hem de "O ne biçim laf kızım! Senin parmağına çöp batsa benimki kanar" sözünün sahibidir.

Birçok otogarda dolaştıktan sonra ilk ateşböceğini gördüm. Oyunu Demet Akbağ'a mı yazdım, yoksa Demet Akbağ'dan mı bir oyun çıkardım bilmiyorum. Ama çırılçıplak bir yürek nasıl sahneye çıkar da nasıl bütün seyircinin yüreğini kendi yüreğine katar bunu öğrendim kendisinden.

Yarım adım arkamda yürüdüklerinde bile kendimi sonsuz bir güvende hissettiğim diğer yol arkadaşlarımı buldum zaman içinde.

"Geceden karanlık... Geceden mülteci kederim...
Korkarım dinmez yüreğim,
korkarım senden korkarım..."

Sonra aslında hayatımın ilk göz sancısı olan sinemaya bir selam teşebbüsü. (Bu yazı yayına hazırlandığında *Vizontele* vizyona girmemişti.)

Sonra... Sonrasını henüz bilmiyorum. Ama artık şunu iyi biliyorum: Bundan sonraki güzergahta dilimin kayganlığına karışacak, bütün İstanbul yıllarıma film müziği olacak, yalnız yürüdüğüm bir yolu pes bir hüzünle yürünür kılacak bir şarkı ya da türkü bulmam çok zor olacak.

Ama yine de bir gün, güneşsiz bir ülkeye sürgün ederse hayat, yüksek rakımlı bir yüreği, söyleyecek bir şarkı var hâlâ:

"Artık seninle duramam. Bu akşam çeker giderim...
Sana yazdığım şarkıyı sazımdan söker giderim!..."

VATAN

İlla bir köşeye bir isim takmalı mıdır bilmem? İsimler köşelerin ne işine yarar diye düşündüm yazmadan önce.. Önemli midir köşenin adı?

Yani köşenin adı adamın bütün meramını anlatmalı mıdır, anlatabilir mi?

Mesela sallayalım bir tane: SORGULAYAN YAZILAR!

Olmadı! Çok gergin!.. O kadar sinir bozucu soruyu nerden bulacaksın? Bazen söze, haybeden koftilik de katabilir köşenin adı yani..

Ama bazısı cuk oturmuştur! Örneğin ne zaman İlhan Selçuk'tan söz açılsa, aklıma büyük harflerle PENCERE yazısı düşer. Uğur Mumcu namuslu, onurlu ve cesur bir GÖZLEM'cidir benim için. Görmüştür ve susmamıştır.

Demek ki yazarı, köşenin adına yakışır bir adamsa, o isim de yazarla birlikte kalıyor insanın kafasında.

Bu bakımdan bir köşeye isim bulmak büyük bir meseledir aslında.

Neyse ki bu bahiste benim adım köşenin üstünde.

Benim köşeye düşündüğüm isim, ki beğenmezseniz değiştirebiliriz, VATAN YAZILARI.. Evet bir mizahçı için biraz sert gibi durabilir ama VATAN'ın güldürücü öyküleri de bu yazılara dahil olacak. Bu bakımdan bir paniğe gerek yok. Ve bu bahiste hamaset, cümlenin akışı gereği oluşmuş gereksiz bir yankıdır sadece. Hiç sevmem. Yüksek sesle söylenen, içinde hep bir ödleğin tehditlerini barındıran pis bir yalandır hamaset.

Mail adresime "ağbi çok beğendim!" "Yılmaz Bey köşenizin adı çok güzel olmuş" gibi düşüncelerinizi gönderebilirsiniz. Eğer düşünceleriniz menfiyse öyle maildi şuydu buydu diye uğraşmanıza gerek yok. Ben olumlu maillerin zayıflığından sizin nüfusunuzu anlarım! Ama çok rica ediyorum bu meseleyi abartmayalım.

Neticede konu sadece bir köşenin ismi. Hatta köşe bile değil, haftada bir merkezi yere yazılacak bir yazı.

Vatanın neresinden başlamalı yazmaya?

Mesela Vatanımızın üç tarafı bilindiği gibi denizlerle çevrilidir fakat tarihte hiçbir denizcilik bakanımız meşhur olmamıştır. Ya denizlere ya da bakanlarına gereken önemi vermedik demek ki!

Şansa bakın ki coğrafyasına, çekilişteki büyük ikramiye düşmüş: AVRASYA! Yani vatanım bir ülke değil, bir kıta aslında!

Evet benim yurdum dünyanın AVRASYA KITASI'nda... Tüm mesele burada yaşayanların pek çoğunun bunun sadece ilginç bir coğrafi kaza olduğunu düşünmeleri.

Avrupa'nın bitip Asya'nın başladığı yere, bu muazzam buluşmaya yakışır şahane bir hediyedir İstanbul Boğaz'ı, Tanrı'dan, sahibine... Dünyada bir eşi daha yoktur. Olmayacak da.. Bir gören bir daha unutamaz.. Şiir yazdırır en şiire sağır olana... Boğaz'da karşıdan karşıya geçmek her faniye nasip olmaz ama İstanbul'da oturanlar için bir eziyetten başka bir şey değildir... Yani her günün belli bir saatinde, dünyanın en güzel manzarasının ortasında olduğu halde, asabı son derece bozuk yurttaşlarım bulunurlar. Şu boğazdan hepimizin, bu manzaranın şahaneliğine hayran olarak geçeceği bir sistem kursak, turiste de satsak... Ama içinde boy boy ölüm potansiyelleri taşıyan çirkin tankerleri yüreğimiz ağzımızda seyretmekten gayrı pek bir şey yaptığımız yok Boğaz'a. Neyse Vatan'ın bu problemi ilerideki bir yazıda daha kapsamlı ve eğlenceli biçimde ele alınabilir.

Vatan yazıları demek derinleştikçe zenginleşen bir hazine üzerine yazı yazmak anlamına geliyor biraz da... Ben sadece hazinelerin yerini bir kez daha hatırlatmak amacıyla yazacağım her pazar VATAN'a.

Pazar günü okunacağını bilen bir adam gibi elbette. Çünkü pazar, sevilen bir gündür. Bakın pazar gecesi demiyorum, günü diyorum. Pazar günü ne kadar güzelse gecesi de o kadar sevimsizdir çünkü... Pazar gecesinin içinde gereğinden fazla pazartesi vardır.

Mesela pazar günleri gergin yazı yazılmaz. Daha hafif, daha genel konular ele alınır köşe yazılarında.

Belki de sadece pazarları bir gazetenin başyazarı "yalnızlık" üzerine yazı yazabilir. Oysa pazartesi günü de bir problemdir yalnızlık. Hatta pazar günü otuz kişi pikniğe gidilmiştir ama pazartesi herkesin telefonu ya bozuk ya meşgul çalmaktadır. Ama hiç böyle şeylerden bahsedilmez hafta içi gazetelerde. Yalnızlığa gelene kadar çok daha ciddi sorunlar belirmiştir ülkede! Ülke ekonomisi batmaktadır. Yalnızlar da yalnız olmayanlar da zor durumdadır. Belki o sırada top yekun bir ülke yalnız kalmıştır dünyanın Avrasyasında! Evet Asaf Usta haklıdır, yalnızlık paylaşılmıyor ama devalüe edilebiliyor galiba...

Yalnız ve devalüe edilmiş bir ülke batıyla doğunun ortasında.

Mesela Batı'ya karşı ortalama yaklaşımımızı, bir yurttaşımızdan dinleyelim:

HEM BATILI OLMAK HEM DE ASABİ TABİATINI KORUMAK İSTEYEN BİR YURTTAŞ: ... Tamam bizim burası da şehirler, otobanlar filan Avrupa gibi olsun... Elektrikli tren kıyaklığı bize de gelsin ama birileri bizi fikren rahatsız ederse kodum mu oturtma özgürlüğümüz de olsun, zira ben böyle birilerini tanıyorum. Böyle şeylere yer arayanlar var benim vatandaşlarımın içinde.

Sözün özü Vatan için bir şey yapmak lazımdı ve alternatifler şunlardı: Nutuk atmak, nutuk atanı seyretmek, şikayet etmek, yanlış günlerde yanlış şarkı söylemek, doğru günlerde yanlış şarkı söylemek, doğru şarkıya yanlış günde kızmak, şarkı yüzünden tatsızlık çıkarmak, seçilebilecek yerden milletvekili adayı olmak, seçilemeyecek yerden milletvekili adayı olmak ya da tüm bunlarla ilgili yazılar yazmak... Ben sonuncuyu seçtim.

Ortak Pazar'lar hepinize...

HER YAŞTAN YAŞITLARIM

İnanırım ki her yazarın boynunun borcudur kendi kuşağı hakkında bir şeyler yazmak.

Bu yazı otuzlu yaşlarına varmış olanlar ve onları merak edenler için yazıldı.

Sınıfın en güzel kızının kendini aslında hiç de öyle zannetmediği ve buna benzer başka nedenlerden ötürü hakiki güzellerin, sınıfın ikinci liginde mücadele verdiği yıllardı.

Bazı bazı çok cesur, hatta tam tabiriyle sadece sempatik değil aynı zamanda yırtık çirkinler şans bulabiliyordu güzel kızlar arasında. "Çirkinliğinden" hoşlanmayan ama bunun utanılacak bir şey olmadığını düşündüğü için güzelleşen bazı arkadaşlarımız vardı ama genel kategoriler şu şekilde oluşuyordu benim çocukluğumda:

Güzeller, Çirkinler, Bir de Bunlar...

Ben "Bir de Bunlar" grubuna dahildim. (Hayır amacım gereksiz bir güzeldi çirkindi tartışması başlatmak değil. Ayrıca okurlarımdan ricam, biraz zorlanabilirsiniz ama bu yazıları, yüzünü ve hayatını çok bilmediğiniz bir yazarın yazıları varsayarak okumaya çalışın. Daha çok zevk alacaksınız.)

Daha çok asılmak zorundaydı işe, "çirkin ama zeki" erkek!..

Onun işi daha çok vakit istiyordu... Bir insana kendi fiziksel güzelliğini, yakın planda on saniyede anlatmak mümkün ama zekayı ispat için en az yarım saat şart.

Aslında erkekler de kadınlar da sonsuza dek şu üç gruba ayrılacaklar: Durunca Güzel Olanlar, Konuşunca Güzel Olanlar, Durunca da Konuşunca da Güzelliğini Muhafaza Edenler! Bu üçüncü gruba dahil olduğunu düşündüğümüz kadın ya da erkeğe aşık oluruz zaten. Ta ki o kişi kategorisini değiştirirse (gerçekte ya da bizim gözümüzde) o zaman aşk biter. Ve bu durum değişmez, yirmisinde de otuzunda da ve sanırım ötesinde de...

Bir güzeli çirkin yapmaz kısa boylu olmak, ama bu irtifadan utanmak yapar!

Bütün yakışıklılar beyinsiz değildi elbet, ne de bütün güzel kızlar aptal. Bu onların o sıra üstesinden gelemedikleri bir önyargıydı. Ama önyargılar önemliydi ve hâlâ da öyle... Ama bir şey, zaten bir "ön yargı" haline gelmişse bir toplumda, oluşmasına sebep olan her şey doğru değildir ama en az birkaç mantıklı gerekçe vardır aralarında. Çünkü fiziki güzelliğe fit olmuş ve cehaleti bir bayrak gibi en güzel organına çengelleyenler var güzel vatanımın güzelleri arasında. Bunların hepsi de meşhur değil üstelik.

Bizim sınıfa dönelim...

Hep daha az sevgili başvurusu yapılırdı sınıfın güzeline.. "Bize bakmaz oğlum bu kız" lafıyla eğitilmiş son kuşağın insanları otuzlu yaşlarındalar artık.

Şimdi güzel bir kızın karşısında hissedilen ve erkeği çirkinleştiren o eziklik, o korkaklık giderek azalmakta.

Kadın, hızla sevilmeye muhtaç şahane bir canlıdır çoğu zaman korktuğunda, korkak bir erkek ise mide bulandırır!.. Üstelik bu korkaklık hayata karşı değil sade bir çift göze karşıdır.

Ama benim de bünyesinde büyük bir şerefle yer aldığım bir kuşak, yani şimdi otuzlu yıllarını yaşayanlar, otuz kelimesinin telaffuzu sırasında ağızdan çıkan belli belirsiz, sevimsiz bir tozun etkisinden midir bilinmez, ince bir soğukluk hissetmeye başladılar doğum günü kutlamalarında.

Ben otuz dört yaşındayım.

Amcalarım 12 MART'ı iyi hatırlıyorlardı, ben de 12 EYLÜL'ü hiç unutmadım.

Otuz'a hafif tozlu dedim diye hemen bozulmayın yaşıtlarım, bana yakın küçüklerim, bana yakın büyüklerim, otuz, hiç kötü değildir o tozu attıktan hemen sonra... Demek bir daha toz tutmasına izin vermemek lazım ya da yirmili yaşların sonu bu kadar tozlu yaşanmamalıydı diyelim..

(Aslında hep merak ederdim bir pazar yazısını çarşamba günü yazanları, o gün pazarmış gibi yaparken "evet bugün keyifli bir pazar günü" diye başlayanları diyorum, tam nasıl hissederler kendilerini diye. Pazar günü meselesine çok girmeyince o kadar yalan olmuyormuş neyse ki...)

Kısacası bizim sınıfta durum şuydu kabaca:

Sınıfın en güzel kızı, hiç hak etmediği saçma bir yalnızlığı paylaşmaya devam ederken, sınıfın en zeki çocuğuyla (ama korkak, ama çok güzel bir kadının gözlerinin tam içine direkt ve uzun bakabilmişlik yok daha hafızasında), arada kalanlar dengi dengine idare ediyorlardı vaziyeti.

Her güzel kızın mutlaka bir "çirkin" yakın kız arkadaşı vardı mesela. Aralarındaki ilişki mükemmeldi. Güzel güzeldi, çirkin de çirkin. İkisi birbirlerinin alanına girmedikçe, yani güzel çirkinleşmedikçe ya da daha fenası "çirkin" güzelleşmedikçe, aralarındaki uyum bozulmuyordu.

Onu kıskanmak yerine bu kıskançlığını güzel bir arkadaşlık içinde sürdürmeye karar vermişti "çirkin" olan. Ya da "çirkin" rolünü kabul eden diyelim... Bu çirkin arkadaşların işi güzel kız için yapılan başvuruları almaktı... Bazılarını tavsiye ederek, ballandırarak, bazılarını ise yarım ağız iletirdi güzel'e!.. Güzel eğer çok güzelse bizzat muhatap olmazdı bu işlerle!

Çirkinin de aşık olduğu "yakışıklı" bir çocuk vardı yan sınıfta, ama bu mesele fazla konuşulmazdı. Güzel kızın lise medyasındaki aşk hayatı o kadar çok vakit alıyordu ki...

Ama onlar arkadaştılar. Birbirlerine sarılıp ağlarlardı bu insanlar. Ve ortada sahte bir şey yoktu. Biri güzelliğine diğeri çirkinliğine ağladıklarında, ikisinin de suratında aynı ifade oluyordu. İkisi de çok güzel çocuklara dönüşüyorlardı o sırada.

Hep bir şekilde bir öğretmen hatırlatırdı, yan sıradaki arkadaşın mesela Çorumlu olduğunu. Zira biz çoktan unutmuştuk. Dikkate almadığımızdan değil arkadaşımızın doğduğu yeri, O'nunla aramıza mesafe koymak istemediğimizden...

Biz hiçbir yakın arkadaşımızı kimseye şöyle tanıştırmayız: Tanıştırayım, anne bu çok yakın arkadaşım Erzincanlı Necati!.. Şimdi Necati bize Erzincan folklorundan bazı örnekler sunacak. Ben de kendisine Hedikli oyununda bir müddet eşlik edeceğim!...

Artık durum değişti.

Uyandı sınıfın güzel kızları. Son verdiler saçma yalnızlıklarına. Güzelim ve bunun farkındayım, üstelik kıymetini de biliyorum... Gerçi bazısı daha kalabalık ve daha saçma yalnızlıklara ulaştı ama çok şükür bütün erkekler ve kadınlar biraz daha kendine güvenli doğuyorlar artık. Vatanımın artıları hanesine yazılsın bunlar...

Kendi kuşağıma belki biraz erken bir uyarı olacak ama sakın "zamane gençliği" gibi saçma tabirleri katmayın hayatınıza!.. İçinde olun ZAMANE gençliğinin, neden dışında kalasınız ki?..

Hep üzerinizde taşıyabileceğiniz büyüklükte bir GENÇLİK bulundurun yanınızda.

Can Yücel öldüğünde hepimizden daha gençti. Hâlâ ağız dolusu küfür edebiliyordu uluorta memleketin ortasında. Adliyemize bile mizah uğruyordu sayesinde, saçma bir dava, ama güzel bir fıkra bırakmadı mı gerisinde?

Bedenin tüm sarkmalarını beynin kıvrımına, güzel bir hayat hikayesi, bir ders, bir hediye olarak gören insanlar yaşlanmazlar.

Ya da şöyle söylemeli; kaç yaşında olursa olsun karşıdaki kişi ya da kendisi, hâlâ aşık olabiliyorsa insan, hâlâ telefonda saçma sapan bir konuyu bir buçuk saat konuşabiliyorsa, hâlâ bir çift yakıcı göz ve korkutucu eda karşısında saklanacak delik arıyorsa yürek, hiç korkma gençlik yerli yerinde demek!..

Otuzlu yaşlarına gelmişler için oturdum bu yazıyı yazmaya ama gördüm ki bugün doğan bebekler de benim kuşağımın içinde, yarın doğacak olanlar da...

O zaman dedim onlara, her yaştan yaşıtlarıma, her gün dünden daha güzel olmaya çalışan herkese, beklenmedik, hatta yersiz, zamansız bir doğum günü armağanı olsun bu yazı.

İyi ki doğdunuz her yaştaki yaşıtlarım, iyi ki doğdunuz...

O Sezen...

Evet Sezen!..

Bazen önceden bilen.

En gerçek sözleri en yakışan melodiyle buluşturan...

Aşklarını hep taze, hep şiirsel tutan... Bütün sevdalarını gözümüzün önünde en güzel şarkılara bahane eyleyen...

Hayatımızın bütün aşklarına eşlik eden, bazen yol gösteren, bir tür aşk arkadaşı... İstediği sevdaya konan bir minik serçe...

Severiz kalbimize ve tenimize aynı ateşi düşüren bir insanı, ardından el ele susar Sezen'i dinleriz birlikte. Budur vatanımda bir sevdanın normal rotası.

Yolu Sezen'in herhangi bir şarkısından geçmeyen bir sevdanın muhakkak bir bozukluk vardır akordunda.

Aradan saçma yıllar saçma bir hızla geçmiş olsa da hiçbir şey değişmedi bu bahiste ve bu şahısta.

Daima aynı kalitede acıtabilir bizi Firuze... Bundan âlâ yalnızlık nerede var dedirtir her dinleyene "bir kedim bile yok, anlıyor musun" dizesi... Söz Kemal Burkay'ındır... Ve böyle birinin bırak şiir yazdığını, adını bilen yoktur Sezen'in oturduğu semtte!.. Bir tek O bilir... Bir tek O sezer.. Çünkü bu minik serçe dolaşır durur istediği zaman yurdun istediği yerinde.

Sezen diyorsa ki "İstanbul İstanbul olalı, hiç göremedi böyle keder" emin olun orada çok ciddi bir mesele var demektir!.. Yoksa Sezen ortalığı boş yere velveleye verecek insan değildir.

Bize dedi ki, bir ayrılık yaşadım hepinizinkine bin basar!... Sonra anlattı meseleyi: Çok şarap içilmiş bir gecenin imzası olarak, ki içinde bir kaç şişe Yakut şarabından bahseder, nicedir karşısında duran şahane boğaz manzarasına da bir nevi borç ödeme mahiyetinde bestelenmiştir bu şarkı. Ve yürek koca bir kara deliktir üstelik!..

Hiçbir ayrılık güzel değildir. Ama Sezen'in her ayrılık şarkısı şahane!..

Zaten ayrılığın tek iyi tarafı bazen iyi bir şarkı ya da şiire yol açmasıdır. Yoksa ölümdür Allah'ın emri olan, ayrılık bir insan hatası!..

Sezen'in hiçbir şarkısı milli eğitim müfredatına alınmamıştır, hatta henüz tartışma konusu bile değildir (umarım bu yazıdan sonra olur) ama bütün şarkılarını herkes ezbere bilir.

Neredeyse yaptığı beste sayısından fazla sayıda hit'i vardır! Bir ayrılığın kederinden gebermek üzereyken de şifadır şarkıları, bir düğüne gittiğinde de seni kapıda karşılar!

Yüreğinin her mağlubiyetinden namağlup bir şarkı çıkarır O!.. Biz ölümsüz bir şarkı kazanırız O her "kaybettiğinde"...

Hepimiz üç aşağı beş yukarı biliriz hangi şarkıyı kime yazdığını.

Ve hepsinde bir magazin haberi değil, soylu bir aşk çıkar karşımıza... "Seni pamuklara sarmalar sararım, ne bedel isterim ne hesap sorarım..." şarkısına sebep olan kişiyi merak ettim. Sezen bu sözünü tuttuysa, kimse kusura bakmasın bu arkadaş eşeklik etmiş...

Besbelli bu "hayal mahsulü" bir şarkı!..

Tüm aşklar da, tüm şarkılar gibi "hayal mahsulü" nasılsa..

Sezen'in anlattığı her şey, ya kendi hikayesi ya da o sıra dinleyenin...

Evet ben de kaç kez bizzat yaşadım, yalnızlığım yollarıma pusu kurmuş beklemekteydi ve o sıra böyle bir şarkının bestelenmiş olmasının çok yararını gördüm.

Biz Sezen'in hangi şarkıda ne diyorsa, dosdoğru yüreğinin sesi olduğuna inanmış, kaynaşmış bir milletiz. Pek çok şeyine gıcık oluruz ülkemizin ya da birbirimizin ama hepimiz Sezen'i severiz. Sanatçı olarak da İnsan olarak da... Sanatçı topluma örnek olmalı mıdır emin değilim ama olacaksa mutlaka Sezen gibi olmalıdır!..

Ondan âla örnek sanatçı görmedim. Hepimize çıkaracak bir ders vardır hayatında...

Star adaylarının O'ndan çıkaracağı ders şudur: Kendiniz gibi olun. Kendiniz gibi olmak büyük avantajdır, kendiniz adamsanız!..

Kadınlara mesajı bellidir: "Çalışın, kuvvetli olun kimse sizi durduramaz!.. Hani toplumda kadınların önünde ekstra engeller var filan diyorlar ya, yok öyle bir şey... Olsaydı üstünden geçerken en azından dikkatimi çekerdi. Bir iki küçük tümsek gördüm tabii ama üstünden atlamam için zıplamam bile gerekmedi!.. Çoğunun altından geçtim zaten!.."

Uzun boylulara mesajı açıktır: "Üzgünüm ama beni her gördüğünüzde eğilmek zorundasınız!.."

Ve erkeklere diyor ki: "Her şeye rağmen, her şart altında sevilmeye layık bir tür olarak değerlendiriyorum sizi!.."

Müziğin, aşkın bu koca yürekli Kraliçesi'nin mesajı şudur kalbi olan herkese: Aşk için ölmeli!.. Aşk, o zaman aşk!..

Evet Sezen!..

Kalbiyle gülen, söyleyen, düşünen...

Türkiye'nin şarkılarını bağıra çağıra söylemek için büyük bir ses yetmiyordu maalesef. Bir de kocaman yüreğe ihtiyaç vardı. Çok şükür zaten, büyük bir ses, kocaman bir yürekten ibaret Sezen!..

Kulağında hangi türkü, hangi şarkıyla doğarsa doğsun, bu vatanın tüm çocukları Sezen'le hep aynı sahnede olacaklar.

Vatanımın kardeş şarkıları sonsuza dek Kraliçe'nin eteklerine tutunarak söylenecek.

Yıldız Hoca ile Neni Memet

Neni Memet Kayserili bir organizatör idi rahmetli. İşinin ehli işinin en eskisi... fakat katiyen Kayserili ve her bakımdan!.. Mutlaka kesiyor paranın bir kısmını bir bahaneyle...

— Yıldız Hanım, bu ışıkçı deyyuslar fazla para kesti ben de haliyle size bunu intikal ettirdim...

Kayseri'de bir otel odasında.

Seyircisiz geçmiş bir gecenin (ki bana sorarsanız o gece Kayseri'nin nüfusunun yarısı gitmemişse seyirci az demektir Hoca'ya!) ardından eksik alınmış ve bir türlü bu para alışverişine alışmamış sanatçı elleriyle eksik para sayılmış... Para Neni Memet'in kestiğinden de az gelmiş... Her bir şeyi boş ver Kayseri'ye Yıldız Kenter gelmiş Kayseri halkı oralı olmamış. Vay başıma... Ya o şehre her allahın günü bir dünya starı gitmektedir ve halk deha görmekten sıkılmıştır ya da yöre halkı o sıra ne yaptığının bilincinde değildir. Evet Hoca Kayseri'ye Maria Callas'tan söz etmeye gelmiştir fakat bu sohbet konusu Kayseriliye hiç çekici gelmemiştir. Ama emin olun o gece o tiyatro binasına gitseydiniz eşinizle, her bakımdan güzel bir sesin öyküsünü bir başka güzel sesten dinleyecektiniz...

Kayseri sözün temsili. Kimse alınmasın. Allah'a çok şükür her daim sağlam bir tiyatro seyircisi olmuştur.

Temsil başlayacak ama Memet henüz parayı getirmemiştir mesela.

Evet bu bir problemdir ama Hoca o sıra Maria Kallas olmuştur bu saçma konuyu düşünecek hali yoktur. Bir yörenin insanı bir büyük oyuncuya sahneye çıkmadan önce böyle şeyler yapmamalıdır.

Bir özel tiyatro sahibi kaç kadın yaşadı cumhuriyet tarihinde bilmiyorum bence araştırılmalı ama içlerinde en sağlamından, Yıldız Kenter'den bahsediyoruz. Kadir bilir Müslüman mahallesinin dik başlı balıkçısı... Bazen balık satıyor bazen salyangoz...

Hocam, ne Türk tarafından vazgeçmiş ne İngiliz tarafından. Kalender olduğunca asil. Pek çoğumuzun bilmediği bir dildir konuştuğu. Bizim Türkçe'den daha güzel. Nerdeyse bizim Türkçe'nin içinden belli belirsiz bir İngilizce geçiyor gibi... Ayarı, melodisi her şeyi gerçek her şeyi yabancı. Ama ne anlatıyorsa o sıra çoğu zaman onun en güzel ilacı..

O bir oyuncu. Bazı rolleri kendince yorumlamaktır işi. Ve her zaman seyre değer bir şeydir.

— Tamam kadın çok güzel oynuyor ama...

Eee? Bu büyük maharet bir tam veya öğrenci biletini haketmiyor mu? Üstelik senede bir gün oluyorsa bu fırsat mesela Sivas'ta, Tokat'ta ya da Van'da ya da herhangi bir yerinde yurdun biraz ayıp olmuyor mu Yıldız

Hoca'ya, Şükran Hoca'ya, Müşfik Hoca'ya...

Müdür, Neni Memet'le münakaşa ediyor yine.

— Yapma Memet ben saydım seyirciyi.. Yüz tane ek sandalye sattın.

— Onların hepsi davetli.

— Bu adam bizim oyuna niçin bu kadar çok insanı davet ediyor yahu.

Dilerim almamız gerektiği kadar Kenter Tiyatrosu bileti almışızdır.

Eğer herhangi bir evde bu tecrübeyi yaşamamış herhangi bir kişi varsa, bu eksiğini hemen bu sezon gidermelidir. Haydi bu sezon Hocayı seyretmeye gidelim... Bakın yaralı, neredeyse yakarış makamından onurlu bir tehdit duydum ağzından. Bırakırım yoksa tiyatroyu dedi.

Yani artık gelmezseniz bu tiyatroya ey ahali ben de bırakır giderim artık.

Yıldız Kenter tiyatroyu bırakırsa tiyatro çok ağır bir hasar alır. Yıldız Kenter seyirciye küserse bir ülke çok şey kaybeder. Çünkü hepimiz de biliyorsuz ki seyircisiz gecelerin ardından yüzüne bakıp da "yine de çok şükür ayaktayız" dediği güzeller güzeli adam, Şükran Hoca da yok artık.

Günde bir paket sigara içen bir kişi 78 milyon Türk lirası sadece sigaraya veriyor ama Yıldız Hoca'nın tiyatrosuna örneğin hiçbir zaman yirmi milyon vermiyor. Sorsan tiyatro çok pahalı kardeşim diyor. Bir ülke insanı tiyatroya sigaradan daha az zaman ve para ayırıyorsa çok ciddi sorunları var demektir.

İçimizde günde iki paket içen var. Sigaranın bütçedeki yeri oldu mu sana 156 milyon Türk lirası!. Tamam para yok! Tamam yoksulluk var hep kulak kesilmişimdir bu konuya zira, hiç zengin olmadım çok şükür hayatımda ama bu sigara örneği de bir gerçek galiba.

Evet evet bu satırların yazarı çok şükür hiç seyircisiz kalmadı. Seyirciye benim sahnemden bakınca söyleyecek hiçbir söz yok. Hoş gelmişsiniz sefalar getirmişsiniz'den gayrı. Ama bu durum benim Kenter Tiyatrosu'ndaki hak edilmemiş loşluğun yarattığı hüznü görmeme mani değildir. Çünkü bilirim bizimkine benzer çok dönem yaşadı Kenter Tiyatrosu. Salonlar hep böyle loş değildi çoğu zaman...

Neni Memet giderayak bir paket koşturuyor hocaya doğru. İki gündür getireceğini söylediği özel pastırma sucuk çemen filan var içinde.

Güzel adam Neni Memet.. Parayı kesiyor bazen ama hiç bitmiyor tiyatro hevesi. Seviyor sanatçıları. Kayseri'nin belki en dürüst insanı değildi ama en büyük tiyatro severi olduğu tartışmasız bir gerçektir.

Rahmetli oldu. Ruhu şad olsun. Artık tiyatrolar daha az gider oldular Kayseri'ye... Bir şehir için büyük, çok büyük bir kayıptır bu. Hiç şüphesiz Kayserili tiyatro sevdalıları fazlasıyla farkındalar bu boşluğun.

Hadi kardeşlerim. Hepimizin bir alkış borcu var bu kadına.

Ödemediyseniz bu artık size son çağrısıdır Hoca'nın. Yoksa bırakırım dedi. Yoksa bırakır! Durum sandığınızdan da ciddi. Gitmezseniz, O da bir daha sahneye çıkmayacak!..

FUTBOL VE CİLVELERİ ÜZERİNE

Futbol literatüründe son yıllarda ortaya çıkmış yabancı bir sözcük var:

Fair play.

Bu aşağı yukarı "centilmenlik" demek. Ama daha kesin tanımı düpedüz delikanlılık. Futbol delikanlı oyunudur. Ya da delikanlıya daha çok yakışır diyelim.

Her ne kadar delikanlı kelimesi, bünyesinde arabesk bir efekt barındırsa da adam gibi olmak manasına gelir aslında.

Mesela bir delikanlı başkasının acısı üzerine sevinç kurmaz. Yani hakemi kandırıp penaltı vermesini sağlamak bir delikanlıya yakışmaz. Gerçek şudur kimse ona faul yapmamıştır. Hatta bunun için büyük bir özen göstermiştir. Sana dokunmadı bile. Seni sakatlayacak hatta yere düşürecek bir şey yapmadı. Ama sen kendini yere attın. Hakeme alçaklık, karşıdaki oyuncuya da yazık ettin. Onun yüzünden yenildi takım!

Futbolcunun bütün akrabalarını ve taraftarlarını üzdün, bilhassa kızını!.. Kariyerini zedeledin.

Evet bir sevinç kazandın ama nice hüzünler pahasına.

Bu bana göre hem futbol kuralları hem de insaniyet bakımından direkt kırmızı kartlık hatta daha ağır bir harekettir.

İşin hazin tarafı o futbolcunun taraftarı bu durumu katiyen yadırgamamaktadır. O penaltıya deli gibi sevinirler.

Oysa o çalıntı bir sevinçtir. Hak edilmemiştir. O sırada yirmi bin kişi açık bir haksızlığa tezahürat yapmaktadır. Ama hiç şüpheniz olmasın ki, o futbolcu daha delikanlıca davranıp hakeme kendisinin düştüğünü söylesin, aynı kalabalık yine alkışlar. Çünkü onlar sonuçta kendi oyuncularından başarılı bir hareket beklemektedir. Ve o düşüşle hakemi kandırmak da, sonra bu haksızlığa mani olmak da "başarılı" hareketlerdir!

Ama ikincisi daha uzun yaşar. O penaltıyı önümüzdeki hafta kimse hatırlamayacak. Hatta hatırlamak istemeyecek, çünkü herkes biliyor ki o penaltı sahteydi!.. Ama futbolcunun "delikanlıca" hareketi asla unutulmaz. Kariyerindeki zirvelerden biri olur. Bu hareketlerine devam ederse zaten seneye kaptan olur.

Gol futbolun en zevkli yanıdır. Gol atmak... Büyük ama çok büyük bir haz verir insana, hele hele değerli bir golse... Yani son dakika... Hatta altın gol filan!.. Hiçbir sevişmede öyle bir orgazm mümkün değildir. Kendini insan Allah'ın sevgili kulu zanneder o an. Zaten de öyledir çünkü herkes o golü attığı için seni çok sevmektedir o an!.. Topa nasıl vurduğunu hatırlamazsın bile!.. Çünkü gol vuruşunda futbolcu mutlaka tanrının da yardımını ister. Çünkü uzaktan şut atan adamdan illa da gol yapması beklenmez. Kaleye yakın gitsin yine alkışını alır. Ama sen... Kaleciyle baş başasın... Ve kale küçüldükçe büyümekte kaleci... Senin kalen hâlâ yedi buçuk metredir ama karşı takımınki olmuştur bir kibrit kutusu...

Elbet iyi bir golcü kaleyi bu kadar küçültmez gözünde. Çünkü o golü bu kadar büyütmez. Zaten devamlı attığı bir şeydir... Ama öyle maçlar (yalancıktan savaşlar) vardır ki büyük golcüyü bile strese sokar. Son saniyesidir maçın (şakacıktan savaşın) ve belki de bir ülkenin hayatı sana bağlıdır.

Futbolda iki kale, bir top ve birbirine sürekli hücum eden iki ordu vardır.

Çok açık, bu bir savaş oyunu. Savaş değil ama!.. Oyunu!..

Ama futbolun riski şudur. Gereğinden fazla ciddiye alırsanız ortada oyun moyun kalmaz, zaten siz bir oyun için fazla asabisinizdir, sadece savaş kalır.

Savaşlarda insanlar sahiden öldüğü için ve insanlık çok şükür bunu iyi kötü fark ettiği için futbol diye bir şey var. Unutmayın ki satranç da bir savaş oyunudur. Ama seyretmesi futbol kadar zevkli değildir. Futbol savaşın seyre değer taraflarından yapılmış bir eğlencedir. Bir futbol maçı seyrederken "eğlenmiyorsanız" kesinlikle futbola zarar veriyorsunuz demektir. Eğer siz karşı takımın attığı o nefis golü, o anda seyretme şansını bulduğunuz için sevinmiyorsanız o maçı seyretmeyin. Sonucunu öğrenin, o size yeter. Takımınız yendiyse mesele yok. Borsadan bazı kağıtları kağıt üstünde alan hazır yiyici bir kumarbazdan farkınız yok demektir.

Futbolcu kardeşlerim... Bize, kendinize ve hakeme karşı dürüst olun o zaman tanrı size o gol vuruşu anında yardımcı olacaktır. O zaman hakemlik bu ülkenin en beceriksiz, en güvenilmez meslek grubu olmaktan çıkar. Hakemler sizin camianızın insanları. Pek çoğunu akrabalarınızdan daha çok görüyorsunuz ama ailecek görüşen yoktur içinizde... Neden bir hakemle bir futbolcu dostluğu yoktur bu ülkede? Çünkü hakemleri dünyanın en korkak insanları yaptık. Birbirimize ve kendimize güvenimiz olmadığı için hakemlerin öksürüğünden şaibe yaratıyoruz.

Bir hakemle bir takımın yöneticisinin aynı gece aynı bara gitmeleri büyük haber oldu ülkemde. Böyle saçmalık olur mu? Yani adam hakemlik yapıyor diye bir eğlence yerine gitmeyecek mi? Bir takımın yöneticisiyle şike pazarlığı yapmak için bir bara gider mi? Her gece bardan liste mi alacak adam, ligdeki on sekiz takımdan herhangi birinin yöneticisi o bara gidebilir... "Hadi hanım kalk" mı diyecek?

Evet hakemler başarısız... Ama aksi mümkün değil! Hangi mesleği bu kadar baskı altına alırsanız o mesleği yapanların başarı grafiği düşer!

Tribün bir insan için saçmalamaya en müsait yerdir. Hatta orada saçmalamak çoğu zaman çok zevklidir. Ama saha öyle değildir. Sahadaki herhangi bir saçmalık tribündeki zaten potansiyel olan saçmalığı çok tehlikeli bir hale getirir. Yani sahadakiler birbirlerine sebepsiz yere saldırmaya, vurmaya başlarsa sonuç felaket olur. Sahadaki vurursa tribündeki öldürür. Sahadakiler bu yüzden bu yaptıklarının bir savaş değil, bir savaş oyunu olduğunu her fırsatta tribüne hatırlatmalıdırlar. Yoksa tribün işin oyun kısmını hemen unutur.

Kazanan her zaman iyi değildir.

Futbolda bazen iyi olan kazanmaz. Ama bu kaybedeni kötü yapmaz.

İyilerin kaybettiği hiçbir filmin sonunda da seyirci sevinmez.

Futbol gibi muhteşem bir eğlenceden sebepsiz ve saçma bir öfke uğruna mahrum bırakmayın kendinizi. Gülün, eğlenmenize bakın!..

İyi olan kazansın!

Bütün dileği bu olmalıdır insanlığın. Sahada da, dışında da.

Ağustos 2002 Cihangir

Futbol ve Sergen Üzerine

(Yurdumun ve dünyanın gelmiş geçmiş tüm futbol efsanelerine saygıyla hatta onları da temsilen futbolcu Sergen Yalçın üzerine yazılmış bir yazıdır. Futboldan hoşlananlar ile hoşlanmayanları eşit derecede muhatap kabul etmektedir.)

Futbol, temelde insanın bir topu ayağıyla kontrol edip yönlendirmesine dayalı basit bir spordur. Yirmi iki adam bir topun peşinde habire koşmaktadırlar kimilerine göre... Herkes topun peşindedir evet.. Herkes zaferi kovalamaktadır evet... Bazısı o topa vurunca fiyatta beş milyon dolarlık bir artış oluyor evet.

Çünkü o sahadaki adamlar bir topa "falso" vermeyi biliyorlar. Önündeki engeli aşacak kavisi verebiliyorlar o havan topuna ve atıyorlar yanlarından, üstlerinden neresine denk gelirse... Çünkü falso olmadan gol yapmak mümkündür ama çoğunlukla rastlantısal gollerdir onlar... Ama otuz beş metreden kaleye direkt frikik atarken, barajın sağından falsoyu verip kaleyi bulmak her babayiğidin harcı değildir. Direkt topları futbolcular oynar, falsoyu starlar yapar!

Bir mesleğin starı varsa orada ciddi bir durum var demektir.

İyi futbolcu topu en iyi saklayan ve sonra en iyi kullanandır. Top aşk gibidir kimsede öyle uzun kalmaz. Topun ayağında olduğu o çok sınırlı zamanı iyi değerlendirmek zorundasındır!.. Hemen şimdi karar ver! Üstelik de o sırada sen takım arkadaşlarını tribündekiler gibi net bir biçimde görmüyorsun... Ve ilk gördüğün sizin formaya atıyorsun topu..

Futbolcular kendi gördüğüne topu verirler, starlar tribünün gördüğüne... Yoksa Hagi düz bir zeminde ve önünde bir sürü adam varken nasıl attı Hasan Şaş'a o topu? Hani orada... Roma maçında... (Bu bahiste bir güncellik sorunum yok kitap açısından çünkü o golün bu kitaptan daha uzun yaşama ihtimali var.)

Maç öncesi Hoca oyunculara taktik verirken star futbolcular bu durumu dinlemeden ama saygıyla izlerler. Futbolculara ne yapması gerektiği sık sık hatırlatılır sahada ama star futbolcu için buna gerek yoktur. Sen ne anlatırsan anlat Sergen bildiğini oynar... Zaten başka şeye lüzum kalmaz.

Sergen Yalçın gibi bir insanı, futbolcuyu özellikle tarihe kayıt düşmek için bu yazıya konu ettim. Neden Sergen şu anda dünyanın en iyi sol ayağı olarak Maradona pozisyonunda değil? Çok basit! O bunu istemedi... Hep bir şekilde burada kaldı ve bize o enfes futbolunu izleme şansı verdi... İspanya'ya gitse kaç maçını İnönü'de seyredebilirdik ki? Dolayısıyla Sergen'in İspanya'ya gitmemiş olması belki kendisi ve İspanyollar için bir kayıptır ama bizim için kesinlikle değildir.

Sergen, futbolu en az onu ağzından köpükler saçarak izleyen bir tribün manyağı kadar sevmektedir. Problem şudur.. Onun kadar ciddiye almamaktadır. Bir futbol dehası olduğunu kendisi de bilmektedir ama kıymetini bilmemektedir. Evet bu çocukta futbol için ne lazımsa fazla fazla vardır... İnsanoğlunun büyük bölümünün sağlak olduğu bir dünyada böyle sol ayak her ülkeye en fazla üç beş adet verilmiştir... Pele gibi Maradona gibi, Hagi gibi... Pek çok star solaktır... Çünkü onlardan azdır. İşte Sergen hiç şüphe yok onlardan biridir. Maradona'nın becerip Sergen'in beceremediği tek şey elle gol atmaktır. O da zaten terbiyesizce bir harekettir!.. Hatta Sergen'in sol bacağı, daha uzun olması nedeniyle bir gram üstün bile sayılabilir Maradona'nınkinden!.. Maradona'yı sertlikle oyundan düşürmek Sergen'i düşürmekten daha kolay olmuştur. Sergen topu aldıktan sonra kendisine faul yapabilirsiniz ama O, topu en doğru yere attıktan sonra...

O bir asist dehasıdır!.. Ve asist futbolda bezen ardından gelen golden daha güzel olabilen tek şeydir!.. Aslına bakarsanız her yüzde yüz gollük asist, golden güzeldir. Çünkü içinde mutlaka zeka vardır. Çoğu gol vuruşu yaradana sığınıp yapılır ama asist yapmak için mutlaka bir şey düşünmeniz, bir planınızın olması gerekir. Asist bir emirdir!.. Buraya koş!.. Altın bulacaksın!..

Asist golden daha otoriter ve zekidir. Zaten bu sebeple çoğu zaman asist kralı aynı zamanda takım kaptanıdır. Ya da öyle olmalıdır. Belli ki takımdaki en zeki adam O!.. Bu sözüm, zeki insanları genellikle pek çok sahada KAPTAN yapmayan toplumlar için özellikle geçerlidir. Ben şimdi burada isim verip tatsızlık çıkarmak istemiyorum. Ülkemle ilgili negatif şeyleri anlatırken her zaman neşemi muhafaza edemeyebiliyorum. O yüzden bu tatsız zeka konusunu burada kapatıyorum.

Sergen'in at yarışı oynamaktan büyük bir zevk aldığını ülkenin atları da insanları da diğerleri de biliyorlar. Zaten Sergen bunu gizlemiyor. Zira yaptığı yasal bir şey... Evet saçma ama yasal!.. Ve bu durum herkesi uzun ama uzun yıllar rahatsız etti. Oysa çoğumuza göre ne atı kardeşim, ilk uçakla Barselona'ya gitmeliydi. Kendisini bir kumardan vazgeçirirken diğerine ikna etmeye çalıştık hepimiz. Git bu kumarı futbolun imparatorluklarının birinde oyna!.. Ama sende olan bir şeyle... Senin hayatta kazanman için atların koşmasına gerek yok sen koş zaten altın verecekler... Senin oynadığın at gelmeyebilir ama sen onun yarısı kadar koş, seni dünyada kimse tutamaz.

Peki gelin gözümüzde canlandıralım... Sergen gitti... İlk idman... Ve altılının da başlamasına iki saat var. Yani derin bir can sıkıntısı... Ve idmanda bir tatsızlık... Gereğinden fazla bir takım içi forma rekabeti... Bu siyahi arkadaş galiba Sergen'in ayağını kırmak istiyor.. Kırmasa bile kaydırmak istiyor kesin!.. Ve diyelim ki takımda gruplaşmalar da çelik gibi... Sergen hangi gruba dahil olacağını bilemiyor. Hiç birine olmuyor da... Derken altılı başlıyor ve bu ayağa ikili, bu ayağa dört numara tek falan derken gün geçiyor...

Ve etraftan başlıyor sıkıcı bir baskı! Sergen'in dil öğrenmesi gerektiği konuşuluyor... yazılıyor... çiziliyor...

kendisi aranıyor... Çünkü Sergen Barselona'da hepimizi temsil etmektedir. Ama atladığımız nokta şu, biz de böyle bir gıcık ortamdan sıkılırdık, temsilcimiz de haliyle sıkıldı...

Neyse bu yazı, hem Sergen'in daha top oynarken efsane olmayı becermiş ender futbolculardan biri olduğunu tarih ve edebiyat önünde belgelemek, güncel olarak da "Neden Sergen bizi bırakıp gitmedi?" tarzındaki saçma endişeye son vermek için yazıldı.

Bir futbol dehasını bizzat oynarken seyredebilmek sadece belli bir kuşağa tanınmış bir lükstür. Çok üzgünüm ben Pele'yi şöyle doksan dakika canlı seyredemedim! Ama Maradona'yı, Platini'yi izledim...

Benden sonra gelecek futbol dehalarını izleyemeyecek olmanın kederini de yanımda götüreceğim giderken...

YILMAZ ERDOĞAN'DAN MİLLİ MEKTUP

(ÜST NOT: Bu mektup bu ülkede yaşayan herkesi ilgilendirmektedir fakat şu anda Japonya'da bulunan milli takım kafilesine hitaben yazılmıştır. Siz, burada olanlar okusanız iyi olur ama milli takım futbolcularının okuması şarttır! Herkesten ya da Milliyet'ten ya da düpedüz Mehmet Ağbiden (Yılmaz) ricam bu mektubu mutlaka bizim millilere ulaştırması. Oradaki yöneticiler bu mektubu tüm futbolculara yüksek sesle okurlarsa çok sevinirim.)

Arkadaşlar, öncelikle idmanın bu değerli bölümünü bana ayırdığınız için teşekkür ederim ama fazla vaktinizi alacak değilim. Nasılsınız? Biz sizi seyrettik ve iyisiniz... Oysa biz ne zaman milli formayı ekranda görsek maziye gidiyoruz. Kötü günler... Çok kötü günler... Elin sahalarında mahzun soytarıya döndüğümüz zamanlar... Şerefli beraberlikler, yenilmekler ama ezilmemekler... Madem ezilmediniz niçin yenildiniz? Hayır biz çok yenildik ve her defasında da ezildik. İçimiz ezildi. Canımız sıkıldı. Oysa hepi topu futbol dediğin neticede bir oyundu. Oysa duyduğumuz acıdan anladık ki bu kesinlikle doğru değildi. Futbol, bir oyundan daha ciddi çok daha acaip bir şeydi...

Sonra işler değişti... Sizler yetiştiniz... Bu ülkenin bu konudaki en yetenekli yirmi üç kişisi!.. Ben burada tek tek adlarınızı yazmayacağım ama tarihçiler bunu binlerce kez yazacak. Merak eden oradan bakar...

Aslında bu dünya kupasında bir ulusun hissedebileceği tüm duyguları birer gün arayla yaşadık... Sahiden yaşadık. Brezilya maçından başlayalım... Biz rüyalarımızın turnuvasına katılmaya hak kazandığımız gün karşımıza o turnuvanın her zaman efsanesi sağlam olan Brezilyası çıktı!.. Tüm zamanların en iyi futbol takımı!.. Doğrusu giriş için kazık bir soruydu!.. Brezilya bu ülke halkının kendi takımından sonra en sevdiği ikinci milli takım olmuştur her zaman!.. Çoğumuz, uzaktan seyrettiğimiz, dolaylı olarak ilgilendiğimiz tüm dünya kupalarında hep Brezilya'yı tuttuk. Hatırlıyorum Fransa (yani şu anda uçakta ülkesine dönmekte olan Fransa) 98'de Brezilya'yı yenince canım çok sıkılmıştı. Yani o bizim aslında duygusal anlamda müttefikimizdi! (Zaten bu duygumuzun boşuna olmadığını Kosta Rika'ya beş atarak ve Ronaldo'nun gollerini Emre'ye hediye ederek ispatlamış oldular... Biz pek çok kişi ve şeyi boşuna sevmişiz ama belli ki bunların arasında Brezilya yok! Neyse ki Rivaldo, Hakan'ın topundan sonra çabuk iyileşti.)

Brezilya maçına çıktık... Maç başlamadan önce Brezilya'nın bizi az farkla yenmesi kimseyi üzmezdi. Ama Hasan Şaş oynamaya başlayınca iş değişti... Şu bizim Hasan Şaş... hani üç yazıdan birinde "fazla top tutuyor" diye eleştirilen Hasan Şaş!..

Sonra Yıldıray... O maçta sahada şampiyonlar ligi finali oynamış birkaç kişiden biri... Ama Yıldıray'ı hiç şöyle dolu dolu sevinirken görmedim. Yıldıray'ı fazla mı yalnız bıraktılar kamplarda diye düşündüm... Hiç mi tavla oynamadı hemen yanında koştuğu arkadaşıyla? O çok iyi yürekli bir çocuk ve çok yetenekli... kendisini üzmemekte yarar vardır, zira benim gördüğüm çabuk üzülmeye müsait bir yaradılışı var...

Fatih, kulvarında karşısında kim çıktıysa şaşırtmış, ki bu trafikte Roberto Karlos da var... Daha önce Fatih Roberto Karlos'u, çok güzel bir tabir vardır "sahadan silmiş!.." Altta ne yazdığı asla okunamamış...

Bülent Korkmaz lafı doğrudur, vallahi biz daha sahada herhangi bir şeyden korktuğuna rastlamadık!.. O gerçek bir kaptandır ve kaptanlarda korku yoktur!.. Kimse hiçbir takıma bir korkağı kaptan yapmaz!..

Rüştü... Korkmayın o herşeyin arkasındadır. Kale sağlamdadır işinize bakın. Rüştü'nün büyük elleri vardır. Onlar bu ulusa çok lazımdır kıymeti bilinmelidir.

Hakan Şükür lafı da doğrudur çünkü bizim hiçbir zaman o boyda ve o klasta bir golcümüz olmamıştı, onu görünce bizim aklımıza da "çok şükür" demek gelmişti, sonra bir de baktık ki zaten soyadıymış!.. Ama içinde taşıdığı, her pazar her pazartesi örselenen şair çocuk çok üzgün bu aralar... Hatta o kadar üzgün ki gol pozisyonuna girdiğinde bile kendisine yapılan haksızlıkları hatırlıyor ve kafası karışınca golü kaçırıyor. Olsun hiç mühim değil biz attıklarına sayarız. Çünkü şimdiye kadar çok attı!.. O her durumda her çeşit golü atabilecek adam olduğunu bize defalarca ispat etti! Eğer Hakan şu anda gol atamıyorsa, bu işte bir tek O'nun kabahati yoktur. Eğer cambaz ipten düşmüşse orada densizin biri çığlık atmıştır!..

Daha kimi sayayım?

Emre Belözoğlu... Dünyanın şu anda hem en yetenekli hem en sempatik orta saha futbolcusu! O dünyanın yeni sol ayağı!..

Ama yeteneğini sahaya yansıtırken sempatikliğini de yansıtsa hem oyundan kart görmeyecek hem bütün dünya bu yetenekli ve şirin bücüre aşık olacak! Emre faul yapacak adam değildir olsa olsa biri Emre'ye faul yapar. Çünkü Emre faul yapmadan bir adamı durdurabilir ama kimse faul yapmadan Emre'yi kolay kolay durduramaz. Bu cümle Hasan Şaş için de geçerlidir.

İlhan Mansız, biliyorum sahada bazen az vakit oluyor çok fazla iş yapmaya! Ama sen az zamanda çok iş yapabilecek kadar iyisin!.. Roberto Karlos'un üstünden attığın topu biz mini bir gol olarak yazdık bir köşeye merak etme!..

Alpay... Şu anda futbolu icat edenlerin ülkesinde olmanda tesadüfün zerre rolü yoktur. Senden iyisini bulamadılar çünkü... Çok şükür bizim buralısın... (Çocuklar bu laf hepiniz için geçerli... Çok şükür bizim buralısınız... Yoksa mesela Hasan Şaş Japon olsaydı biz o maçı nasıl alacaktık?)

Ümit Davala saçların için üzüldüm... Giden kısmı için de, kalan kısmı için de! Gidenler zayii olmuş kalanlar ise meydanda... Aslında ne yalan söyleyeyim, hiçbirimiz saçından hoşlanmadık... Ta ki sen Çin'e üçüncü golü atıncaya kadar!.. Sonra baktım, o kadar da kötü olmamış be... Çocuk heves etmiş yapmış, nasıl olsa kökü kendisinde!..

Anlaşıldı saymakla bitmeyecek... (İsmen anamadığım kardeşlerim beni bağışlasınlar, yerim kalmadı)...

Sevgili Arkadaşlar, kardeşlerim... Siz Çin'i yendikten sonra ülkede ve orada yaşanan tuhaf "hınçlı sevinç" bana bu mektubu yazdırdı.

Tarihi, ama laf şişkin dursun diye değil sahiden TARİHİ bir zaferden sonra herkesin bu kadar kızgın olması tuhaf! Peki neden? Ne oldu? Olan şu... Brezilya'yı az kalsın yeniyorduk, beraberlik normal sonuçtu, yenildik. Kosta Rika maçında takım yorgundu, çünkü kendi medyasıyla (yani kendi doğal takım arkadaşlarıyla), iki gündür kıyasıya kavga ediyordu, saçma bir beraberlik aldık ve son maçta da Çin'i dağıttık!.. Gruptan çıktık... Ve ben hâlâ kavganın sebebini tam anlamış değilim.

Şenol Hocayla ilgili bir şeyler söylemek isterim. Kendi efsanelerini yerle bir etmek hiçbir topluma yarar sağlamaz. Çünkü bizim kahramanlara ihtiyacımız var... Karizması yok denen adam hangi takımda oynamışsa (buna yıllarca milli takım da dahil), kaptan yapmışlar adamı... Bu ülkenin gelmiş geçmiş efsane olmuş bir kalecisi... Besbelli adam lider doğmuş...

Ama bunu gösterme konusunda yetenekli değil. Ülkesine büyük bir zafer kazandıran komutanın adına şölen düzenlenir normal bir ülkede ama bizde bırak şöleni, şu dar ağacını ortadan kaldırsınlar adam ona da fit olacak!

Şenol Hoca nedense ilk günden bu yana idamla yargılanmaktadır ama daha suçu da ispat edilmiş değil...

Arkadaşlar inanın bana, Hocam sen de inan, Ünal Hoca sen de...

Size kötü söz söyleyen insanların hiçbirisi kötü insan değil. Hele milli takım konusunda hiç değil. Öfkelenmeyin bu kadar... (Zaten bu arkadaşların şu anda herhangi bir nedenle öfkelenmemesini sağlamak herkesin görevidir. Çünkü bu bizim milli takımımız bu da bizim atasözümüz: Öfkeyle kalkan zararla oturur!..)

Çocuklar sizin kabahatiniz değil, biz hep yenildik diğer alanlarda!.. Bütün kaybettiklerimizi sizinle kazanalım istiyoruz. Siz kupayı alın, bizi AB'ye alırlar diye düşünüyoruz. Yani durum ciddi. Maç seyrederken duygularımız çok sık değişiyor. Bir pozisyon oluyor "aslanım benim" diyoruz, hemen arkasından "Bülent işte..." diyoruz. Hatta bazen ağzımızdan küfür bile çıkıyor. Ama o sırada katiyen aklımızdan size küfür etmek geçmiyor. Olur mu? Biz ülkenin en yetenekli ve şu anda ülkeye en gerekli adamlarını üzecek kadar geri zekalı mıyız?

Herkesin aklında ya da dilinin ucundaki ismi söyleyeyim de (köyün delisi olarak) herkes rahatlasın: Hıncal Uluç!.. Ben tartışma konusu olan röportajı okudum. Orada gördüğüm şu... Nasıl hepimiz maç seyrederken sansürsüz duygularımızı söylüyoruz, Hıncal Uluç da bunu kameralar karşısında yapıyor. Yani ortada en azından dürüst bir adam var. Ve bazen ister inanın ister inanmayın tamamen pozitif niyetle konuşurken hakaret ediyor hissi uyandırabiliyor insanda... Ama gerçek bu değil... Yani en azından bütün kupanın tadını tuzunu kaçıracak bir şey yok ortada!.. Burada birisi Hıncal Uluç'a yumruk attı. Oysa Uluç sadece konuşmuştu. Güzel olmadı... Demek ki gerçekten ortada bir geri zekalı varmış, O da bu olayla beraber ortaya çıktı: Hıncal Uluç'a vuran ayı!.. (Tüm gerçek ayılardan özür dilerim.) Böyle diyelim ve konu kapansın...

Burada sizi sevmeyen hiçkimse yok. Çünkü burada sizi sevmekten başka çaresi olan yok! Siz, bizim çocuklarsınız... Çok uzaktasınız... Ama bir şeye çok yaklaştınız... Bizden uzaklaştıkça yaklaştığınız şey, hani adını daha tam telaffuz edemediğimiz şey... O kupa... Hani uğruna maç yapılan... Birisi şu aralar kulağınıza şöyle fısıldamıyor mu: Neden Dünya Kupası senin olmasın ki? Çocuklar, arkadaşlar, bana sorarsanız o Tanrının sesi olabilir... Şimdi siz diyorsunuz ki "biz kupayı alırız" desek olmuyor çünkü alamayınca yarı final bile başarısızlık sayılıyor! Hayır çocuklar hiç korkmayın hiçbir tarih bu kadar geri zekalı bir şekilde yazılmıyor. Siz yarı final oynayın, tarih heykellerinizi yapmaya başlar.

Sevgili arkadaşlar, fazla vaktinizi almadan bağlamak isterim. Salı günü buranın saatiyle sabahın köründe sahaya çıkacaksınız. (Bu arada sabahın körü dediğime bakmayın, Çin maçına kadar öyleydi... o gün sabahın gözleri açıldı...) Evet orada çok Japon olacak... Ama endişeye gerek yok, onlardan sadece on bir tanesi oynayacak! Yine bir top ve dört hakem vs. olacak... Hakem ev sahibine karşı bir jest kabilinden —ki dünya kupası burada yapılsaydı biz de kendisinden böyle bir şey beklerdik— birkaç faulü çalmayabilir... Bundan dolayı, içinizden bazılarının hakemlik yapmasına ya da hakeme saçma itirazlarda bulunup kart görmesine gerek yok. Hiçbir hakem böyle bir maçta maçın kaderini etkileyecek hata yapmaz! Japonlar çok koşuyor diye bir laf var. O zaman siz de koşun! Ama sanırım Japonlar topu sizin kadar koşturabilselerdi bu kadar koşmak zorunda kalmazlardı.

Onları yenebilirsiniz...

O zaman yenin!

Ama yenmeseniz bile hiç mühim değil. Siz bizi çok önemli bir konuda dünyanın en iyi on altı ülkesinden biri yaptınız zaten. Ben size halkım adına teşekkür ediyorum. Siz o kupayı alıp bize verirsiniz ya da vermezsiniz. Ama bu mektup size şimdiden hakettiğiniz kupa niyetine yazıldı. Lütfen kabul edin. Sahada ya da saha dışında sinirli ve üzgün olmanıza gerek yok, sizler şimdiden tarihe geçmiş zafer kazanmış kişilersiniz!

Unutmayın, siz sahada koşarken hepimiz (ama hepimiz: kızdıklarınız, size kızanlar, sevdikleriniz, size kişisel kızgınlığı olanlar —ne bileyim, kalbi kırık bir eski sevgili— bu ülkede yaşayan ya da dünyanın başka yerlerinde bu ülkeyi yaşayan HERKES, HEPİMİZ!..) sizinle birlikte koşuyoruz!..

HEPİMİZ AMA HEPİMİZ SİZİ ÇOK SEVİYORUZ!

MİLLİ MEKTUP İÇİN TELEVİZYONLA MİLLİ BAĞLANTI

Güzel bir gün... Ne sıcak ne soğuk... Bir yaza en yakışan günlerden... Ve ülkemin bu güzel havada yeni bir yarayı kaldıracak durumu yok, eski yaraları hâlâ için için sızlarken... Ve Türkiye tesadüf böyle bir günde çok önemli bir alanda dünyanın en iyi sekiz ülkesinden birisi oldu!.. Oysa mesela turizmde başına bu hiç gelmemişti. Ya da teknolojide Japonya'yla maç yapmak aklımıza bile gelmez. Ben de tavsiye etmem zaten. Vallahi böyle bir maçta hakem biz olsak, yine bizi yenerler!

Peki futboldaki başarı ölçü mü? Sonuçta bu bir oyun değil mi?

Değil elbette... Futboldaki böyle büyük bir başarı pürüzsüzdür!

Mesela Terim ve Galatasaray UEFA kupasını aldıysa bu pürüzsüz bir başarıdır. Şimdiki durum da aynı... Futbolda başarılıysanız şu iki şey kesindir: Yeteneklisiniz ve çok çalışmışsınız!.. Zaten bu iki şey bir araya gelirse o alanda başarı kaçınılmazdır!.. Aslında yetenekli olduğumuz tek alan futbol değil ama diğerlerine aynı çabayı harcamıyoruz!..

Bence bir ülkede futbol gelişmiş ama ülke geri gidiyorsa, diğer alanlarda feci bir tembellik var demektir. Belki de futbola verdiğimiz özeni azaltmadan diğer alanlara da aynı özeni göstersek... Mesela size sıkıcı bir öneri: Bu ülkenin tüm köşe yazarları ve hatta benim gibi mizahçılar TURİZM'i yazsa!.. Bir hafta tüm ülke turizmi tartışsa, sırf bu tartışmayı izlemek için ülkemize turist gelir. En azından BBC'den bir ekip kesin gelir. Sonra aynı şeyi yapsak... Bir kere önce ekonomi nedir öğrensek!..

Vallahi ben tam bilmiyorum mesela... Ben şu anda ülkemin hangi ekonomik modelle yönetildiğini bilmiyorum ama bugünkü maçta hangi takım hangi sistemde oynuyor bakar bakmaz anladım!..

Mektup konusuna gelince... Bugün Hakan Şükür ve Hasan Şaş'la konuşuncaya dek, alınlarından öpmek için aramıştım ve öptüm de... Buram buram helal alın teri bulaştı yüzüme telefonda bile... Eğer onları aramasaydım az kalsın şımarıyordum "yoksa bizim mektup hakikaten etkili mi oldu" diye... Hayır maalesef okumamışlar. Ama hocalar okudu ben biliyorum o sırada da telefondaydım... Mektup etkili oldu mu? Sahadakileri bilmem ama cephe gerisindekileri etkiledi galiba. Amacım sadece kendi çapımda bir pozitif ses, bir kıvılcım çıkarmaktı.

Bu çıkış pozitif bir dalga yakaladı toplumda... Eğer yazı yazmamın bu işe bir katkısı olmuşsa hiç merak etmeyin Senegal maçına hikaye yazarım!.. Hele hele yarı final için roman yazarım. (Gerçi bence roman işini de artık Orhan Pamuk yapmalı ama neyse...)

Ya da siz de, hepiniz, benim yaptığımı yapıp millilere özel mektup yazabilirsiniz?

Ülkenin şimdiye kadar yazılmış en güzel ve en kalın romanı oluşur böylece...

O zaman hadi! Futbola ne yapmışsak diğer alanlara da aynı şeyi yapalım! Futbolda nasıl hepimiz teknik direktörüz maşallah ve hatta karizmamız Şenol Güneş'inkinden çok fazla, hadi o zaman ekonomide de uzman olalım...

Neyse... Hepimize ama hepimize kutlu olsun... Güzel bir gün... Ne sıcak ne soğuk... Bugün güne hiç uyanmadığım bir saatte başladım. Ama o kadar güzel bir sebebim vardı ki...

Yaşasın Futbol!.. Eğlencesi yetmiyormuş gibi galiba artık bize bir şeyler öğretmeye bile başladı!..

Milenyum sebebiyle yüzyıl sonrasına mektup

Sevgili torunum Yılmaz (bizim yaşadığımız dönemde çocuklara dedelerinin adını koymak gibi bir adet vardı, bu alışkanlık hâlâ sürüyorsa bu isimde bir torunum olabilir ama ben bu geleneğin bitmiş olmasını umarım, zira sırf dedesinin adı Şuayip diye hayatı kayan yavrucaklar var), sana bu mektubu İki Bin yılından yazıyorum. Gazeteden istediler. Sen şimdi gazete nedir diye sorarsın? Biz bu yıllarda haberi kağıtlara yazıp dağıtıyoruz. Kabul ediyorum çok zor ve ilkel bir yöntem ama o kadar da kötü durumda değiliz canım, geçen gün deden büyük bir fiyakayla internette chat yaptı. Henüz geyik muhabetinde kullanıyoruz bilgisayarı ama olsun. Ayrıca ben senin yaşındayken büyük büyük dedemin bana yazdığı mektup iki ton ağırlığındaydı! Mağaranın duvarına kazımış, getiren arkadaş az kalsın göçük altında kalıyordu. Yani beterin beteri var Yılmazcığım.

Aslında bu mektubu sana biraz da özür dilemek için yazıyorum. Benden önce yaşamış çok akıllı ve hüzünlü bir kızılderilinin söylediği "bu dünya bize atalarımızdan kalmadı, çocuklarımızdan ödünç aldık" sözünü anlamasına anladık, hatta bir sürü kartpostal da yaptık, çok güzel grafik tasarımlarla yazdık bu akıllı adamın lafını ama yine de herşeyi berbat ettik.

Enerji lazımdı ve tepemizde güneş bazen on saat cayır cayır dönerdi ama biz kendimizi bir gölgeye atıp nükleer salaklıklarla uğraşırdık. Yani şu anda okul arkadaşlarının bazılarının üç tane kulağı varsa bunda hepimizin suçu var. Ama sen benim torunum olduğuna göre mutlaka yapıyorsundur ama sakın o çocuğa "kulağını aç da beni iyi dinle" türünden kulak memesi kıvamında şakalar yapma. (Mektubun bu acıklı bölümünün aynısı büyük büyük dedemin bana yazdığı mektupta da vardı maalesef. Umarım senin yazacağın mektupta böyle bir bölüm olmaz.)

Evet iklimi de değiştirdik. Kitaplarda ya da bilgi kaynağı olarak ne kullanıyorsanız işte onda yazanlar doğrudur. Bir ara dört mevsim vardı. Mesela bunlardan bir tanesinin adı bahardı ki inanamazsın bütün insanlarda hatta hayvanlarda bile aşık olma ihtiyacı uyandırırdı. Tabii bu durum kimi kazalara da yol açmıyor değildi ama yine de ömrün en güzel mevsimiydi. Sonra yaz... O muhteşem kamaşma... Ama hâlâ anlamıyorum aynı yerde, hem işeyip hem nasıl yüzdüğümüzü.

Sevgili Yılmaz, iki bin yılına gelene kadar çok aptalca şeylerle mucizevi işleri bir arada yapmış insanoğullarından sadece birisi olarak ve büyük deden olma sıfatıyla sana söylemek istediğim son söz şudur:

Ben bilim kurgu sevmem. Bizde geleceği düşlerken abartma adeti vardır. İnanmazsın benim çocukluğumda Uzay 1999 diye bir televizyon dizisi vardı ve orada anlatılanlar gerçek olsaydı, benim geçen sene Jüpiter'deki yazlığıma taşınmam gerekiyordu, ama şu anda en büyük numaramız yukarıya binlerce uydu göndermiş olmamızdır. Antenin hallicesi işte... Ben, yüz yıl sonra ışınlanmayı bile becerse, insan insan kalacaktır diye düşünürüm. (Işınlanma bizim bilimkurgucuların bulduğu bir laf, alay edeceksen onlarla et!..)

Sevgili Yılmaz, uçan arabalara bile binsen, onur her insana lazımdır. Onurunu ve aşık olma yeteneğini asla kaybetme. Büyük deden bunlara dikkat ederdi.

Haa bu arada 2071 yılında sanıyorum büyük bir tantanayla Türklerin Anadolu'ya girişinin bininci yılı kutlanmıştır. Merak ettim Malazgirt'in yolu da yapıldı mı?

Ama sevgili torunum, yolu olsa da olmasa da, açlık hep için için kazısa da midesini, Anadolu hep çok güzel bir yer oldu. Hiç kuşkum yok ki senin yaşadığın zaman parçasında da öyle olacak.

Kendine ve Anadolu'ya iyi bak.

Gözlerinden öperim.

Deden Yılmaz Erdoğan.

YEDİLER İÇİN...*

Karşı konulmaz bir merak duygusuyla başladı her şey.

Evrenin sırrını çözmek için sonu olmayan bir koşuya başladı dünyalı insan. Ve en zeki evlatlarını verdi bu iş için... Tüm dahiler koştular kalabalık insan topluluğunun önüne, başladılar araştırmaya, soruşturmaya her şeyi. Demek yerçekimi ivmesi dünyanın her yerinde aynıydı... Demek atom en küçük kardeş değil parçacığın içinde!... Demek kaldırma kuvveti... Bir üçgenin iç açılarının toplamının hep aynı dereceye eşitliği...

Ama her zaman işler yolunda gitmedi. Evren bize sırrını dirhem dirhem veriyordu ve bu iş çok canımızı alıyordu...

Hep en iyi çocuklarımızı, ÖNCÜLERİMİZİ aldı.

Önünü açabilmek için dünya insanının, bu ÖNCÜLER hep riske girdiler. Bazen bize bazen doğaya karşı... Bir bilgi ulaştırana, mesela Galileo'ye zindan ettiler buluşunu!.. Sokrat'a baldıran sundular keşfettiği düşünsel dünyalar yüzünden...

---

* 1 Şubat 2003, uzay faciasında hayatını kaybedenler: David M. Brown, Rick D. Husband, Laurel B. Clark, Kalpana Chawla, Michael P. Anderson, William C. McCool, Ilan Ramon.

Ve çözülene kadar daha ne kadar kurban vereceğimizin belli olmadığı SIR, en çok uçma tutkumuzla ilgili kurban alıyor bizden.

İşte onlardan yedisini daha yitirdik maalesef.

Herkesin, tüm dünya halklarının başı sağ olsun.

Dünya en iyi, en zeki, neredeyse her konuda en yetenekli yedi evladını kaybetti.

Çok yazık, çok yazık oldu. Yüreğim der ki, kimse hiç kimse ölmesin ama mesela bu çocukların yerine, dünyada yedi siyasi lider bir kazada ölse, bu kadar çok şey kaybeder miydi dünya? Zannetmiyorum. Çünkü bir ülkenin siyasi önderi olmak, o ülkenin en zeki adamı olduğu manasına gelmez, ama eğer size NASA'da bu en ileri pilotluk görevini verdilerse, tartışmasız siz dünyanın en zeki insanlarından birisiniz...

Onlar ölüm ihtimalinin ne kadar kuvvetli olduğunu bizden çok daha iyi biliyorlardı. Onlar insanlık için ölebileceklerini, yaptıkları işin dünyanın en riskli işi olduğunu biliyorlardı.

Sahip oldukları zekayla pekala başka işler yapıp parayı bulabilecekken, daha önce hiçbir insan evladının yapmadığı bir yolculuğa çıkmanın "enayilik" olduğunu biliyorlardı.

Ama bir bilimadamı için ölmek, olsa olsa gözardı edilmiş bir olasılığın gerçekleşmiş olmasıdır.

Belki de işler yolunda gitseydi, YEDİLER bizi temsil edeceklerdi uzayın diğer sakinlerine karşı. Belki bilimkurgu lezzetinde bir ilişki kuracaklardı hani şu zırt pırt aramızda dolandığından şüphelendiğimiz UFOLARLA.

Diğer gezegendekilerin ilk gördüğü dünyalılar olacaklardı. En azından bize gökyüzünden yeni bir haber getiriyorlardı. Orada gördüklerini, yani insan gözünün bir başka dünyada ilk gördüklerini...

Yüzlerinde tarihe geçmiş olmanın tatlı sersemliğiyle vereceklerdi insanlığın ortak beynine yeni bilgileri...

Olmadı.

Öldüler.

Bizim için.

Tüm insanlık için.

Ve mekik aksıyor senelerdir hem inişte hem kalkışta.

Birçok cevherini verdi insan evladı bu mekik işinde.

Ama ölüm bir kahraman için olsa olsa rutin bir iştir. Ölmek bir kahramanın mesleğidir.

Bilim uğruna ölenleri tüm dünya halkları şehit bilmelidir. Böyle keder her ülkede eşit şekilde yaşanmalıdır. Çünkü getirecekleri sırrı er ya da geç birlikte eşit paylaşacaktık.

Dünya en yetenekli, en zeki yedi evladını yitirdi.

En iyi yedi adamımızı kaybettik.

Onlar içinde savaş olmayan bir kavganın kahramanları. Dünyanın son YEDİ KAHRAMANI onlar. Film değil, öykü değil, düş değil, GERÇEK KAHRAMANLAR... Saatlerdir dünya televizyonlarında yayınlanıyor bu gerçek kahramanlık öyküsü...

Ve uçmaya sevdalı bu şahane çocuklar en sevdikleri yerde, gökyüzünde öldüler.

Mekanlarının cennet olduğuna şüphe yok. Zira Tanrının sırrına en çok yaklaşanlar onlar... Hiçbirimiz onlar gibi görmedik evrenin şahane sonsuzluğunu... Sanırım cennet oralarda bir yerde olmalı. Bizim YEDİLER'in şu an çoktan cennetin rotasına girdiklerine şüphem yok.

Hoşçakalın çocuklar.

Eksikliğiniz, bizi dünya durdukça kanatacak.

Ama devam!.. Koşuya devam...

Keşke bu evlatların ölümü, kendi aramızdaki savaşların sebeplerini bir daha düşünmemize yol açsa!..

Keşke gökten gelen son barış çağrısı saysak hep birlikte, gökyüzümüze karışan bu yedi canı...

(Tüm dünya insanlarının aklını başına topladığı, masalsı bir barış içinde ve tüm gücünü evrenin sırrını çözmeye ve sonsuz mutluluğa adayarak yaşadığı, aşk dolu bir dünyayı düşlemek, kalbimin ve mesleğimin bir gereği olarak, vazgeçilmezler arasındadır bünyedekilerin içinde... Ve yine inanıyorum ki bir gün insanlık bilim adamlarına yöresel düşmanlıklara "çare" diye askeri görevler vermeyecek.)

Keşke dünyanın her köşesinde her gün "yediler" ayarında yedi yeni çocuk doğsa!..

İşin tuhaf tarafı, her şeyimizi borçlu olduğumuz atmosfere girerken oldu felaket. Oysa onun görevi bizi düşman taşlara karşı korumaktı.

Ama kahraman olmaya yazgılı bir insan için ölmek, bu eşsiz cesaretin Tanrı tarafından ödüllendirilmesidir.

Ah neden...

Neden mümkün değil ölümsüz olmak, ölmeden?

1 şubat 2003

Yılmaz Erdoğan

Hüzünbaz Sevişmeler
(29. baskı)

Kadınlık Bizde Kalsın
(10. baskı)

Kayıp Kentin Yakışıklısı
(28. baskı)

Haybeden Gerçeküstü Konuşmalar
(15. baskı)

Anladım
(14. baskı)

HİJYENİK AŞKLAR

Yılmaz Erdoğan 1968 yılında Hakkari'de doğdu. İlk, orta ve lise öğrenimini Ankara'da yaptı.

Tiyatroya 1987 yılında *Nöbetçi Tiyatro*'da amatör oyuncu olarak başladı. 1988 yılında *Güldüşündürü Tiyatrosu*'nu, 1994 yılında Necati Akpınar'la birlikte *BKM Oyuncuları*'nı kurdu.

Kanuni Sultan Süleyman ve Rambo, Kadınlık Bizde Kalsın, Otogargara, Cebimde Kelimeler, Sen Hiç Ateşböceği Gördün mü ve *Bana Bir Şeyhler Oluyor* adlı tiyatro oyunlarının yanı sıra birçok televizyon dizisi yazdı. İlk uzun metrajlı filmi *Vizontele* (2000), en çok izlenen Türk filmi oldu. Yaşamöyküsü Muhsin Kızılkaya tarafından *Yılmaz* adıyla kitaplaştırıldı.

Hüzünbaz Sevişmeler, Kadınlık Bizde Kalsın, Kayıp Kentin Yakışıklısı, Haybeden Gerçeküstü Konuşmalar ve *Anladım* yazarın diğer kitaplarıdır.

Zaman içinde kendisine birçok ödül verilmiştir.

*SEL YAYINCILIK / DENEME

*** SEL** YAYINCILIK
Babıali Caddesi, 20/1 Cağaloğlu - İstanbul
Tel./Faks: 0212 511 10 05

Şube: İstiklal Caddesi, Elhamra Pasajı, 258 /10
Beyoğlu - İstanbul Tel.: 244 15 06

http://www.selyayincilik.com
E-mail: posta@selyayincilik.com

***SEL** YAYINCILIK: 183

HİJYENİK AŞKLAR

YILMAZ ERDOĞAN

Birinci Baskı, 3000 adet: **Mart 2003**
Dördüncü Baskı, 3000 adet: **Mart 2003**

ISBN: 975-570-185-0

Kapak tasarım: **Ahmet Naci Fırat**

Baskı: **Yaylacık Matbaası**
Cilt: **Sistem Mücellithanesi**